부드러운 음악

부드러운 음악

세오 마이코 지음
김난주 옮김

1판 1쇄 인쇄 | 2006. 7. 10
1판 1쇄 발행 | 2006. 7. 20

발행처 | Human & Books
발행인 | 하응백
출판등록 | 2002년 6월 5일 제2002-113호

서울특별시 종로구 경운동 88 수운회관 1009호
마케팅부 02-6327-3537, 편집부 02-6327-3535, 팩시밀리 02-6327-5353
이메일 | hbooks@empal.com

값은 뒤표지에 있습니다.

ISBN 89-90287-92-8 03830

부드러운 음악

세오 마이코 지음 | 김난주 옮김

Human & Books

목차

부드러운 음악 7

시간차 79

잡동사니 효과 141

부드러운
음악

치나미는 내가 자기 집에 가는 것을 아주 싫어한다. 집까지 데려다 주겠다고 하면 대개는 거절하는데, 그래도 억지로 집 앞까지 데려다 주면 안녕이라 말하고는 쏜살같이 집 안으로 사라져 버린다. 이제는 가족을 소개해 줘도 되지 않을까 생각하지만 늘 보기 좋게 외면을 당한다.

"이렇게 늦었는데, 어머니께 인사라도 드리고 가는 게 좋지 않겠어?"

"괜찮아, 그런 거."

치나미는 신경 쓸 것 없다는 듯 말했다.

"그래도, 예의 없는 사람이라고 하면 어떻게 해."

"그런 일 없어. 우리 가족은 모두 관대하니까."

"그래도 그렇지."

"됐어, 걱정 마. 아무튼 고마워. 그리고 오늘 즐거웠어."

치나미는 자기 멋대로 이야기를 끝냈다.

나는 원망스럽게 치나미의 집을 바라본다. 깔끔하게 손질되어 있는 것은 아니지만 각종 나무가 우거져 있는 마당은 아담하다. 현관에 내달린 조그맣고 세련된 외등, 창문으로 새어 나오는 빛은 형광등이 아니고 백열등이라서 그런지 따스한 오렌지색이다. 차고에는 지금은 거의 사용하지 않는 듯 보이는 자전거와 캠핑 도구가 있는 것으로 너그럽고 온화한 가족이라는 것을 알 수 있다. 왜 치나미는 내가 자기 가족과 마주치는 것을 거부할까.

"키스는?"

치나미는 집 안에 신경이 가 있는 내 얼굴을 자기 쪽으로 돌린다.

"아, 응."

나는 불이 켜져 있는 창문을 바라보며 키스를 했다.

"이런. 성의 없게."

치나미는 주먹으로 내 어깨를 톡 쳤다.

혼잡한 아침의 역에서였다. 한 여자가 전철을 기다리는 많은 사람들을 헤치고 내게로 똑바로 걸어왔다. 그리고 내 앞에 서더니, 눈을 찡그리고 내 얼굴을 올려다보았다. 속이 비칠 듯 맑은 피부, 투명한 눈에 싱그러운 입술, 표정은 조금 쓸쓸해 보였지만 정말 예쁜 여자였다. 하나로 단정하게 묶은 머리에 하얀 셔츠가 잘 어울렸다.

낯선 여자였다. 서둘러 지금까지의 기억을 더듬어 보았지만 한 번도 본 적 없는 얼굴이었다. 그런데 여자는 눈을 반짝이며 나를 보고 있었다.

"무슨 일이죠?"

내가 그렇게 말하자, 그녀는 당황해서 나를 쳐다보던 눈을 깜박거렸다.

"아, 그러니까……."

그녀는 뭐라고 말하면 좋을지 모르겠다는 듯 난감하게 미소를 지었다. 그렇게 웃자 약간 느슨해진 얼굴이 풋풋하고 귀여웠다. 아직 학생일까. 어깨에 묵직한 가방을 메고 있었다.

"음, 저……."

침묵이 이어지면서 그녀는 점점 더 난감해하다가 "스즈키 치나미라고 해요."라고 말했다.

역시 한 번도 들어본 적 없는 이름이었다. 나도 내 이름을 말해야 하나. 아니면 좋은 이름이라거나 좀 별난 이름이라고, 이름에 대한 감상을 말해야 하나. 나도 다른 말은 못하고 그저 "아, 네."라고만 대답했다.

주위 사람들이 우리의 묘한 상황을 지켜보고 있다. 그 눈길을 의식한 그녀가 허둥대며 고개를 숙였다.

"아, 미안해요."

"아니 사과할 것까지는 없는데. 무슨 일이죠?"

"아니오, 그냥, 너무……."

"너무, 뭐죠?"

"아니 그냥 좀, 놀라서."

"놀라요?"

"그, 아무튼……."

그녀는 적당한 말을 찾느라 무진 애를 쓰는 듯 보였다. 하지만 나는 그녀가 무슨 말을 하고 싶어하는지 전혀 알 수 없었다. 무엇을 묻고 싶어하는 것 같지도 않았고, 할 말이 있는 것 같지도 않았다. 나 역시 갑작스러운 일에 놀랐다. 나는 낯모르는 사람이 말을 걸 만한 타입이 아니다. 여자가 먼저 고백하는 뜬금없는 일도 없었고 얼굴이 조금 험악하게 생긴 탓인지 길을 묻는 사람조차 없었다.

"무슨 일인지 전혀 모르겠는데."

"아니오, 아, 죄송합니다."

어쩔 줄 모르는 그녀는 거의 울먹이는 표정이었다.

새로운 판촉 수법인가. 내게 물건을 팔거나 어떤 종교를 전도할 셈인가. 나는 어떻게 대처해야 좋을지 몰라 그저 고개만 갸우뚱하고 있었다.

그러고 있는데, 전철이 플랫폼으로 들어왔다.

그녀는 전철을 탈지 말지 망설이는 듯하더니, 자기가 타야 할 전철이 아닌지 전철에 오른 나를 당황한 표정으로 바라보았다.

다음날에도 그녀는 역에 있었다. 주변을 살피며 나를 찾고 있는 듯했다. 어제 나를 만난 곳에서 사방을 두리번거리고 있었다.

대체 뭐지?

요즘 유행하는 스토커? 내 행동 범위를 생각해 보았지만 그럴 만한 가능성은 없었다. 내가 일하는 설계사무소에는 남자 사원 셋에 아르바이트하는 아줌마 둘뿐이다. 젊은 여자와 닿을 수 있는 경로가 없다. 얼마 전에 4년이나 사귄 애인과 헤어졌지만, 내가 보란 듯이 차인 것이니 그녀가 어떤 행동을 취할 가능성도 없다.

판촉 사원이라고 해도 궁상이 줄줄 흐르는 나를 이틀 연속 공략한다는 것은 이상한 일이고, 그녀에게서는 장사의 필수 요건인 경쾌함이 느껴지지 않았다.

생각하면 생각할수록 무슨 영문인지 알 수 없어 기분이 영 찝찝했다. 나는 그녀 모르게 멀리 떨어져 평소와는 다른 차량에 올랐다.

그 다음날도 역시 그녀는 나를 찾고 있었다. 절실한 눈빛으로 역내를 오가는 사람들을 살피고 있었다. 오늘은 청바지에 하늘색 티셔츠, 심플한 차림인데도 충분히 사람의 눈길을 끌 만큼 귀여웠다. 화장기 없는 얼굴, 어깨까지 내려오는 생머리, 자연스럽고 청순한 느낌. 저렇게 귀여운 여자가 왜 나를 애타게 찾는 것일까. 나는 혼란스러웠다.

"무슨 일이지?"

내가 다가가자 그녀의 얼굴이 천만다행이라는 듯 환해졌다.
"줄곧 나를 찾고 있던데."
"아, 죄송해요."
"아니, 사과는 안 해도 되는데. 왜지?"
"왜냐고요?"
그녀는 정말 모르겠느냐는 듯이 고개를 갸웃거렸다.
"우리, 어디서 만난 적 있나?"
"그런 건 아니지만……."
"그럼, 왜 나를 찾는데?"
나는 상황을 파악할 수 없어 답답했다.
"내게 뭘 팔려는 건가? 행운을 가져다주는 도장이니 부자가 되는 항아리니 그런 것들 말이야."
"아니오, 그럴 리가요. 난 아직 학생인 걸요."
그녀는 놀란 표정으로 내 말을 부정했다.
"그럼, 종교 같은 거?"
"종교?"
"네가 믿는 종교를 내게 전도하려는 거 아냐?"
"설마……. 우리 집은 불교를 믿지만, 그렇게 열심히 믿는 것도 아니고 포교 활동 같은 건 안 해요."

그녀가 그렇게 진지하게 대답하는 것이 오히려 우스워 나는 긴장이 풀리고 말았다.

"그러니까 말해 보라고. 왜 나를 찾는지."

"아, 네……."

"아무 이유도 없는데 이틀이나 나를 찾는다는 건 이상하잖아."

"그건 그러네요."

그녀는 잠시 생각하고서, 적당한 말이 떠올랐다는 듯 말했다.

"한눈에 반해서요."

타당한 대답이었지만, 나는 절대 한눈에 반할 타입이 아니다.

"거짓말이지?"

내게 보기 좋게 속을 들킨 그녀는 난처한 표정을 지으며 웃었다. 곤란해지면 이렇게 웃는 게 그녀의 버릇인 모양이다.

"이제 그만 말해 봐, 시간도 별로 없고 하니까. 이번 달에 벌써 두 번이나 지각했다고."

"한눈에 반한 건 아닌데, 아, 뭐라고 말을 못하겠네요. 아무튼 얼굴이 보고 싶었어요."

그녀가 이번에는 정중하게 대답했다.

"얼굴이 보고 싶었다고? 내 얼굴이?"

솔직히 누가 보고 싶어할 만큼 잘난 얼굴이 아니다. 윤곽도 선명하지 않고 쌍꺼풀도 없는 두툼한 눈두덩에 입가가 처져 늘 화나 있는 것처럼 보인다.

"정말이에요."

못 믿겠다는 내 표정에 그녀는 힘주어 말했다.

"얼굴이랄까, 아무튼 아저씨를 다시 한 번 보고 싶어서 어제 오늘 계속 찾았어요."

"……그래. 아무튼 믿기로 하지. 하지만 얼굴이 보고 싶다고 해서 알지도 못하는 사람에게 접근하면 상대가 겁먹지. 너도 낯선 남자가 자기 얼굴이 보고 싶다고 매일 아침마다 찾는다면 겁나지 않겠어?"

"그러네요. 당연히 겁나죠. 나 같으면, 경찰에 신고했을지도……."

그녀는 그렇게 말하고 생긋 웃었다. 그 웃음이 너무 귀여워 나도 덩달아 피식 웃고 말았다.

"그렇겠지? 나도 지금 상당히 겁난다고."

"하지만, 나 수상한 사람 아니니까 안심하세요. 봐요."

그녀는 가방에서 학생증을 꺼내 내밀었다. 학생증으로 수상한 사람인지 아닌지를 판별할 수 있는지는 의심스러웠지만, 나는 일단 받아들었다.

스즈키 치나미. 여대 2학년생. 7월 15일생, 19세. 영문과에 다니고 있고 학번은 012078. 이 역은 환승역으로 이용하고 있고, 집에서 가장 가까운 역은 여기에서 두 정거장 떨어진 조그만 역이다.

"됐죠?"

스즈키는 내게 동의를 구하듯 물었다.

"그렇군."

나는 뭐가 뭔지 모르겠지만 아무튼 고개를 끄덕였다. 그녀는 자기소개를 하고 후련해졌는지, 상큼한 표정으로 "다녀오세요."라며 전철에 오르는 내게 인사를 했다.

자신의 정체를 밝힌 후부터 그녀는 매일 아침 당당히 내게 말을 걸어왔다. 의문이 다 풀린 것은 아니었지만, 귀여운 여자와 보내는 시간이 싫지는 않았다. 그래서 나도 그녀를 받아들이게 되었다.

"안녕하세요."

"응, 안녕. 가방, 늘 무거워 보이네."

"사전이 들어 있어서요. 일영 사전, 영일 사전, 독일어 사전."

그녀는 그렇게 말하고 가방 속을 보여 주었다.

"우와 대단하네. 난 학생 때 이렇게 공부 안 한 것 같은데."

"학생 때요? 나가이 씨는 지금 몇 살인데요?"

"스물셋."

"스물셋? 정말?"

그녀는 내 나이에 놀란 반응을 보였다.

"정말이냐니, 늙어 보인다는 거야 젊어 보인다는 거야?"

"아니 늙어 보이지도 젊어 보이지도 않아요. 스물셋이라니, 정말 딱 좋은 거 같아서."

"뭐? 뭐가 딱 좋은데?"

"아니 뭐가 그렇다는 건 아니고……."

그녀는 그렇게 말하고는 "아무튼 신기하네요."라며 또 미소를 지었다.

우리는 전철이 올 때까지 한 10분간 그런 대화를 나눈다. 그렇게 며칠을 지냈더니 서로에 대해 대충 알게 되었고 마음도 편해졌다.

그녀는 아주 반듯했다. 이제 존댓말은 쓰지 않지만 그래도 말투는 예쁘고 자세와 걸음걸이 등 모든 것이 단정했다. 그리고 나는 오래지 않아 그런 그녀에게 빠져들고 말았다. 설사 그녀에게 별 매력이 없었다 해도, 이렇게 매일 아침 이야기를 나누다 보면 웬만해서는 절로 호감을 가지게 될 것이다.

그녀의 마음이 어떤지는 오리무중이었다. 내게 관심이 있고, 내게 접근하고 싶어한다는 것은 알 수 있었다. 하지만 사랑하는 것 같지는 않았다. 나를 눈부신 듯 바라보는 일은 있어도, 그 눈길에서 사랑의 달콤함과 애틋한 마음은 감지되지 않았다.

하지만 아무튼 나는 그녀를 좋아하게 되었다. 아침에 잠시 함께 하는 것만으로는 부족했다. 그리고 앞으로 그녀를 더욱 좋아하게 되리란 것도 확실했다. 그런 내 마음이 확인되자, 나는 우리 둘 사이를 분명히 하고 싶었다. 애인도 아닌데 매일 아침 그렇게 이야기를 나눈다는 것이 부자연스럽게 느껴져 견딜 수 없었다.

장마가 시작되기 전, 어느 아침이었다. 화창한 날씨에 마른 바람까지 불어, 오가는 사람들로 북적거리는 플랫폼은 그런대로 상쾌했다. 나는 과감히 내 생각을 실행에 옮겼다.

"우리 같이, 어디 한 번 갈까? 당장은 아니라도 말이야."

내 고백에 그녀는 어리둥절하다는 듯 고개를 갸웃거렸다.

"어디?"

"극장이나 수족관 같은 데."

"극장이나 수족관?"

그녀는 인상을 찌푸렸다.

"아니, 극장이나 수족관이 아니어도 상관은 없는데. 어디 가고 싶은 데 없어?"

"음. 별로 없는 것 같은데."

뜻밖의 시큰둥한 반응에 나는 당황하고 말았다.

"주말이나 쉬는 날에 시간 있어?"

"아르바이트하는 날도 있지만, 비는 날도 있어."

"그럼, 이번 주 일요일은?"

"음, 이번 주 일요일은 아르바이트가 없는데."

"그럼 우리 만날까?"

"못 만날 거야 없지만, 매일 아침 이렇게 만나는데 일요일까지 왜?"

어느 모로 보나 내가 데이트 신청을 하고 있는 것이 분명한데, 그녀는 정말 모르겠다는 표정이었다.

"왜냐니, 좀더 느긋하게 얘기도 하고."

"느긋하게? 매일 아침 얘기 많이 하잖아."

"그건 그렇지만, 늘 이렇게 북적대는 역에서만 얘기하니까 뭔가 빠진 거 같잖아."

"그렇다고 일요일에 다시 만나?"

"싫어?"

"싫은 건 아닌데, 이상해."

나는 긴 한숨을 쉬었다. 어지간히 둔감한 모양이다. 그녀는 어떻게 말하든 알아듣지 못할 것 같다. 결국은 플랫폼에서 전철을 기다리면서 속내를 털어놓는 신세가 되고 말았다.

"난 너하고 더 잘 지내고 싶어. 너를 좋아하기도 하고."

그녀는 그 말까지 듣고서야 이제야 알겠다는 표정을 짓더니 화들짝 놀랐다.

"미안해요. 나 정말 몰랐어."

그러고는 이렇게 말하며 쿡쿡 웃었다.

"나 평소에는 이렇게 둔하지 않은데. 나가이 씨가 그런 말을 하니까 실감이 안 나서 전혀 눈치 채지 못했네."

"왜 내가 말하면 실감이 안 나지? 농담인 줄 알았어?"

나는 조금은 불만스러웠다.

"농담처럼 들린 것은 아닌데, 나가이 씨는 그런 타입이 아니잖아."

"아무튼 됐어. 그래서 만나 줄 거야?"

속내를 다 털어놓은 나는 대담하게 밀고 나갔다.

"만나 줄 거냐니?"

"애인이 돼 주겠느냐는 뜻이야. 연인 사이도 아닌데 이렇게 매일 아침 만나는 거 이상하잖아?"

"음, 그런 생각이 조금 들기는 하지만……"

"네 생각은 어떤 데? 싫어?"

"그렇게 물으면……. 애인이 아니면 같이 있을 수 없는 거야?"

그녀는 나를 올려다보면서 말했다.

나와 같이 있고 싶다는 것인지, 아니면 애인은 되고 싶지 않다는 것인지.

"그냥 친구로 있고 싶다는 거야?"

"친구가 되고 싶은 것도 아닌데."

"너 정말 이상하다."

"미안."

"그런 소릴 듣자는 게 아니고, 나도 어찌해야 좋을지 모르겠단 말이야."

그녀는 고개를 약간 숙이고 생각에 잠겼다. 잠시 후 고개를 들더니, 한마디로 말했다.

"알았어. 애인이 될게."

"뭐?"

"나가이 씨하고 사귈 거라고."

"좀 억지스럽다."

"억지가 아니야. 나가이 씨하고 같이 있으려면 그게 좋겠어. 응, 아주 좋은 생각이야."

그녀는 마음을 굳혔다는 듯이 그렇게 말했다. 일단은 내 고백이 받아들여진 것 같았지만, 조금도 기쁘지 않았다.

"이거, 기뻐해도 좋은 건가."

"응. 기뻐해."

"뭐가 좀 다른 거 같은데."

"안 달라. 걱정 마. 우리는 내일부터 애인이야."

그녀는 생긋 웃었다.

그렇게 스즈키와 나는 애인이 되었다.

2

애인이 되는 것은 생각보다 어려운 일이었다. 물론 전에도 남자 친구를 사귄 적은 있다. 하지만 그때는 먼저 호감을 품었고 보고 싶어 미칠 듯이 좋아하다가 애인이 되었다.

그런 감정이 없는데, 느닷없이 오늘부터 애인이라고 정하기는 처음이다. 하지만 나가이와 연애하는 것이 가장 적절한 선택이라는 사실을 안다. 존재만 확인하겠다는 안이한 생각이 통할 리 없고, 연애 감정도 없으면서 내내 함께 있어 달라고 하는 것도 뻔뻔스러운 일이다. 나가이는 나쁜 사람은 절대 아니다. 조금만 노력하면 잘 될 것이다.

✻

"안녕. 다케루 군."

"잘 지냈어? 그런데 그 다케루 군이란 소리 좀 하지 마. 부끄럽다."

나가이는 다케루 군이라 불리기는 초등학생 시절 이래 처음이라면서 늘 투덜거린다.

"듣다 보면 익숙해질 거야. 애인 사인데 나가이 씨라고 부르면 어색하잖아."

"그런 거는 자연스럽게 변하니까, 애인이 됐다고 해서 굳이 바꿀 필요 없잖아."

6월의 아침은 습기가 많아 숨쉬기도 답답하다. 올 장마는 일찍 시작되었지만, 비 자체는 많이 내리지 않고 우중충하고 끈끈한 날씨만 계속되고 있다.

"그래도 노력하면 하루라도 빨리 좋아질 거야."

"그렇게 억지스러운 걸 보면, 뭐가 좀 잘못된 것 같아."

나가이는 싫어하지만, 처음부터 애인이란 느낌으로 만난 것이 아니니까 그냥 내버려 두면 영원히 그의 애인이 될 수 없다.

"괜찮아. 다케루 군 앞에서는 알아차리지 못하게 은근히 노력할 테니까."

내가 그렇게 말하자, 그런 건가 하면서 나가이는 웃었다. 그가 웃으면 마치 힘이 쭉 빠진 사람처럼 얼굴 분위기가 바뀐다. 그리고 낮은 웃음소리는 차분하고 부드럽게 울린다.

"이런 장면, 전에도 있었지?"

"응?"

"다케루 군이 지금처럼 어쩔 수 없다는 식으로 웃는 거 말야."

"그랬나? 난 기억에 없는데."

나가이의 말이 맞다. 비슷한 순간을 몇 번이나 체험한 느낌이 들지만, 그를 만난 지는 그리 오래지 않다.

"그럼, 아닌가."

"기시감이 아닐까?"

나가이가 말했다.

"이런 걸 기시감이라고 하는구나."

앞으로도 나가이와 함께 지내는 시간 속에서 나는 이 기시감 현상을 몇 번이고 체험하게 될 것이다. 과연 우리 둘 사이에 있었던 일을 과거에 있었던 일이라 착각하지 않고 지낼 수 있는 날이 올 것인가. 온다고 해도 아주 먼 훗날이다. 그런 생각을 하자, 눈앞이 아득해졌다.

우리는 주말마다 시간이 나면 어딘가로 갔다. 서로를 깊이 배려하는 마음이 있어 어디에 있든 편안한 시간을 보낼 수 있었다. 나가이는 얼굴이 그렇게 생겨서 그렇지, 타인을 긴장시키는 타입이 아니다. 나는 그와 함께 있는 데 곧 익숙해졌다.

그리고 데이트는 즐거웠다. 수족관과 식물원과 극장. 나이 차가 조금 있고 사회인과 학생이라는 차이가 있었지만, 둘의 취미는 엇비슷해서 부담 없이 즐길 수 있었다. 이탈리아 요리에다 아담하고 세련된 카페, 전망 좋은 전망대에다 아담한 테마 공원. 나가이가 데리고 가는 곳은 모두 나름대로 멋지다. 하지만 아무리 데이트를 해도, 어떤 곳에 가도 농밀한 감정은 싹트지 않았다. 그저 편한 사람과 외출을 즐기는 수준에 지나지 않았다.

처음 키스할 때도 영 엉망이었다.

"미안……, 한눈 안 팔게."

그렇게 말하고 눈을 감았지만, 허사였다. 내게는 그의 얼굴과 몸이 너무 익숙해서 오히려 쑥스러웠다. 나가이는 화내지 않고 이렇게 말하며 웃었다.

"네 말대로 우린 아직 키스할 관계도 아닌 것 같다."

전에 연애할 때는 모든 것이 아주 자연스러웠다. 자연스럽게 손을 잡고 키스를 하고 섹스를 했다. 굳이 순서를 밟지 않고 마음을 단단히 먹지 않아도, 둘이 함께 있기만 해도 사이가 깊어졌다.

그런데 나가이와의 연애는 그런 흐름도 없고 실감도 없다. 만날수록 사이가 좋아지고 속내를 알아가기는 하는데, 늘 건조하고 그 이상의 진전이 없다.

나가이가 그런 거리감을 불만스럽게 여긴다는 것은 알고 있다. 나 역시 그가 마음 좋은 사람이라는 것을 빌미로 그런 관계를 계속 유지할 속셈은 아니었다.

장마가 끝났다. 우리는 아침 일찍 만나 차를 몰고 해변의 도시로 떠났다.

"참, 나 다케루 군 편이야."

"그건 또 무슨 소리야?"

"다들 반대해도 나는 자기 편이라고."

"그래?"

나가이는 적당히 대답하고는 멀미가 나지 않느냐면서 창문을 조금 열었다. 그는 제 손으로 운전을 하는데도 차멀미를 하는 특이한 체질이다. 운전이 서투른 것도 아닌데 좀 달렸는가 싶으면 휴식을 취한다. 열린 창문으로 초여름의 눅눅한 바람이 에어컨을 틀어 놓은 시원한 차 안으로 들어온다.

"기쁘지 않아?"

"뭐가?"

"내가 같은 편이라는 거."

"아니, 좋기는 한데. 하지만 난 모두가 반대할 만한 짓은 별로 안 하니까."

나가이가 다니는 작은 사무소에서는 다소 이상한 행동을 해도 누구 하나 반대도 항의도 하지 않는 모양이다. 나는 그 다음 작전을 실행했다.

"그래도 괴로운 일은 많을 거 아냐."

"그건 또 무슨 소리야?"

"난 다 알아. 그렇게 늘 밝게 행동하고 있지만, 사실은 속으로 눈물을 삼키고 있다는 거."

"아니, 그런 일 별로 없는데. 지금은 딱히 괴로운 일도 눈물을 삼킬 만한 일도 없고, 애써서 밝게 행동하는 재주도 없어."

창문으로 예쁜 햇살이 비친다. 바다에 조금씩 가까워지고 있다는 표시다. 아름다운 경치 속을 달리고 있자니 기분이 느긋해지면서 오늘이 일요일이라는 것을 실감한다. 이렇게 지나가는 경치와 시간을 바라보는 것은 정말 기분 좋은 일이다.

"그럼, 그 다음. 나, 이래 보여도 얼마나 대단한 사람이라고."

"뭐가?"

"서예 3급이야."

실은 다도와 꽃꽂이 강사 자격증도 갖고 있지만 겸손하게 한 가지만 자랑한다. 평소 연필로 쓰는 글씨는 들쭉날쭉해서 내가 서예 3급이라고 하면 다들 놀란다. 그런데 나가이는 "어쩐지 글씨를 예쁘게 쓰더라." 하면서 금방 수긍해 버린다.

"어쩐지가 아니지. 다르잖아."

"달라?"

"어쩐지라고 하면 안 된다니까. '응, 그랬어?' 하고 놀라야지."

"대체 무슨 소릴 하는 거야?"

"무슨 소리냐니?"

"하는 말이 좀 이상하다."

"이상해?"

"대화를 억지로 꾸며 내고 있잖아."

"눈치 챘어?"

"응. 뭐야?"

"이거 말이지, 남자를 사로잡는 다섯 가지 포인트야."

영 효과가 나타나지 않아 나는 사실대로 털어놓고 말았다.

"남자는 애인이 자기편이 돼 주기를 바라고, 단점을 칭찬해 주면 좋아하고, 서로 다른 점에 약하고……. 음, 그 다음은 뭐더라. 나머지는 내일 실천할게."

"그렇게 밝히면 효과가 더 없는 거 아냐?"

나가이가 온화하게 웃었다. 나는 또 기시감을 느꼈다.

"그런 건가. 아, 생각났다. 마지막은 생활상을 전부 드러내지 말 것. 남자는 비밀스러운 것에 이끌린대. 연애 중이라도 자기 시간을 확보하는 게 중요하다나. 남자를 위해 항상 시간을 비워 놓는 여자는 매력이 없대. 그래서 나 내일부터 뭐 배우러 다니기로 했어."

"뭘 배우는데?"

"음 특별히 배우고 싶은 건 없는데. 테니스를 배우자니 돈이 들고, 그래서 그림이나 배울까 해."

"무슨 상관이야. 어차피 잡지나 뭐 그런 데서 본 정보잖아. 그런 거 다 현실성이 없으니까, 안 해도 괜찮아."

"그래도 현재 도쿄에 사는 남자 200명에 물은 결과라고. 좋다고 하는 건 한 번 해봐야지."

나가이는 남 이야기하듯 "고생한다."라고 중얼거리고는 간이 주차장에 차를 세웠다.

"괜찮아?"

"토할 것 같다."

나가이는 맥없이 웃고는 창문을 활짝 열었다.

"많이 힘들어?"

"아니, 그다지."

나가이의 멀미는 신선한 공기를 마시면 금방 낫는다. 어제까지 비가 충분히 내린 덕에 오늘 공기는 아주 깨끗하니까 금방 상태가 좋아질 것이다. 그런데 그는 창문으로 고개를 내민 채 이렇게 말했다.

"오늘 하루, 여기서 그냥 지낼까?"

"응?"

"여기다 그냥 차 세워 놓고 있으면 어떻겠냐고?"

"그렇게 힘들어?"

"아니, 전혀."

그는 내 쪽을 돌아보면서 싱긋 웃었다.

"운전, 내가 할까?"

나는 막 면허를 땄지만 그런 대로 운전 솜씨는 봐 줄 만하다. 그의 자동차도 몇 번인가 운전해 보았다.

"괜찮아. 멀미도 다 나았고. 그냥 여기서 지내는 것도 괜찮을 것 같아서 해본 소리야."

"여기서 뭐 하고 지내는데?"

"캔 주스 사와서 마시면서 얘기나 하는 거지."

나가이는 자판기를 가리켰다. 간이 주차장에는 자동차 세 대 정도를 세울 수 있는 공간이 있고, 주스와 컵라면 자판기와 화장실, 벤치가 있었다.

"여기서 아무것도 안 하고 그냥 있는 거야?"

"가끔은 이런 것도 괜찮잖아."

"아깝다. 조금만 더 가면 바단데……."

모처럼 일찍 일어나서 여기까지 왔는데, 게다가 날씨도 좋은 일요일에 이런 곳에서 지내다니 아깝다.

"바다가 보고 싶었어?"

"그런 건 아니지만, 이렇게 둘이 있으니까 둘이서만 할 수 있는 일을 하는 게 좋잖아."

"둘이서만 할 수 있는 일이 뭔데?"

"테니스나 탁구나 배드민턴 같은 거."

"그거, 다 똑같은 거 아냐?"

나가이는 웃음을 터뜨린다.

"그럼, 우리 걷자. 더 경치 좋은 데 가서. 응?"

"왜, 이렇게 멍하게 있는 것도 괜찮잖아."

나가이는 움직일 마음이 없는지 등받이를 뒤로 젖히고 기지개를 켠다.

"아저씨 같아."

나도 더 이상은 조르고 싶지 않아 안전띠를 풀었다.

"학생들은 어떨지 모르겠지만, 데이트라고 해서 그렇게 번번이 어디로 가고 그러는 거 아냐."

"글쎄, 그런가."

예전 남자 친구와는 고등학생 때부터 사귀기 시작한 탓이었는지 만날 때마다 도서관, 식물원, 수족관처럼 매번 사전에 계획을 일단 세운 뒤 움직였다. 그렇게 꼼꼼히 계획을 세우지 않더라도 둘이서 일요일을 보내면서 아무것도 하지 않는 건 비생산적이다.

"어디서 어떻게 지내든, 둘이 함께 있다는 건 변함없으니까."

나가이는 그렇게 말했다.

결국 우리는 하루를 간이 주차장에서 지냈다. 차에서 내려 벤치에 앉았다가, 한 바퀴 도는 데 1분이면 되는 간이 주차장을 몇 바퀴나 걸었다. 그리고 낡고 녹슨 자판기에서 컵라면을 사 혹 곰팡이가 슬지 않았을까 걱정하면서 조심스럽게 먹었다. 그러고는 정말 아무것도 하지 않고 지냈다. 매일 아침 만나니까 서로의 근황이야 새삼 이야기할 거리도 없고, 진지하게 파고들 만한 화제도 없어 그저 생각나는 말을 툭툭 내뱉을 뿐이었다.

하지만 즐거운 시간이었다. 컵라면과 주스는 정말 맛있었고, 그렇게 느긋하게 시간을 보내니 마음도 푸근했다. 시간을 허비한 것 같은데도 마음은 넉넉하게 채워진 듯했다. 이런 데서 아무것도 하지 않고 시간을 보내다니, 친구끼리도 못할 일이고 혼자서도 할 수 없는 일이다. 그렇게 생각하자 호사를 누리고 있는 듯한 기분마저 들었다.

"다케루 군이 차멀미를 해서 오히려 다행이었어."

내가 그렇게 말하자 그는 "그거 잘 됐네." 하며 기뻐했다.

스무 살이 되는 생일 날, 나는 나가이의 선물에 몹시 놀랐다. 그것은 액세서리도 옷도 꽃다발도 과자도 아닌 사전이었다. 독일어와 영일과 일영, 세 권의 사전이었다.

"생일 선물답지 않을지도 모르겠지만……."

나가이는 주춤거리며 선물을 내밀었다.

"뭔데?"

나는 묵직하고 딱딱한 그것이 무엇일지 도무지 짐작할 수 없었다.

"그것밖에 생각나는 게 없어서."

"사전이다!"

나는 포장을 뜯어보고는, 나도 모르게 환성을 질렀다.

"학교 갈 때 늘 가방이 무거워 보여서, 집에다 두고 쓰라고."

"와, 굉장해."

"이상해?"

"이상한 게 아니고, 굉장해. 정말."

나는 정말 놀랐다. 대학에 입학할 때, 오빠의 입학 선물도 세 권의 사전이었다. 여자에게 사전을 선물하는 남자가 이렇게 많다니, 정말 신기한 일이다.

"마음에 들어?"

"들고말고. 정말, 정말 고마워."

"다행이다."

나가이는 센스 없는 선물은 아닐까 걱정했노라고 말했지만 나는 정말 기뻐서 몇 번이나 고맙다고 했다.

"우리 오빠도 나 대학 입학 선물로 사전을 줬거든. 다케루 군처럼 세 권. 시계니 가방이니 하는 것들은 고르기가 귀찮다면서. 그때는 시시해서 불만스러웠는데 두고두고 쓰다 보니 나중에는 정말 고맙다는 생각이 들었어. 그런데 사실은 나, 대학에 들어가면 프랑스어 선택하려고 했거든. 그런데 오빠가 선물한 사전이 독일어 사전이라서, 어쩔 수 없이 독일어를 선택했어. 후후. 정말 쓰기 편한 사전이었어. 아마 열심히 골랐을 거야."

그때 일이 선명히 떠오른다. 여동생에게 선물을 건네기가 쑥스러웠던지 오빠는 이거면 됐지 하며 불쑥 내밀었다. 내가 고맙다고 하자, 오빠는 사전이라서 실망했으면서 하고 삐친 사람처럼 말했다.

"난, 표지만 보고 골랐는데."

나가이가 말했다.

"이 사전도 아마 쓰기 편할 거야."

"속은 보지도 않고 괜히 좋아하는 거 아냐?"

그가 씩 웃었다.

"알 수 있어. 이렇게 손에 쏙 들어오잖아. 그리고 매일 쓰다 보면 웬만하면 다 쓰기 편해져. 열심히, 열심히 쓸게."

그는 자기가 선물해 놓고선 오히려 고맙다고 말했다.

"왜 고마운데?"

"글쎄."

그는 고개를 갸우뚱하고는 내 입술에 살짝 키스했다. 오빠의 선물과 나가이의 선물이 똑같았다. 하지만 전혀 달라, 오늘은 기시감이 느껴지지 않았다.

당연히 손을 꼭 잡고, 사람의 눈길만 없으면 다케루의 어디든 마음대로 키스할 수 있다. 그럴 수 있다는 것이 이렇게 기분 좋은 일인 줄은 꿈에도 몰랐다.

'이러고 있을 때가 가장 행복해.'

다케루와 손을 잡고 있을 때면 그런 생각이 든다. 지금까지 행복한 순간은 얼마든지 있었다. 하지만 순위를 가리기가 어려우면서도 똑 부러지게 행복하다고 말할 수 있는 순간은 없었다. 그런데 다케루와 몸 어딘가가 맞닿아 있으면 행복하다는 생각이 분명히 든다.

우리는 이리저리 나다니지 않게 되었다. 영화든 이벤트든 어디로 갈까 하고 이야기를 나누는 때가 즐겁지 막상 극장 앞에 가면, 왠지 아깝네, 둘이 얘기나 하는 편이 좋겠지, 하면서 공원에서 이야기꽃을 피운다.

대개는 다케루의 방에서 지냈다. 그곳은 소스라치도록 있기 편한 장소였다. 다케루는 결벽스럽지도 않고 불결하지도 않았다. 방은 적당히 정리되어 있고, 새 곳도 넓지도 않지만 둘이서 느긋하게 지내기에 더없는 장소였다.

체온과 냄새와 목소리 톤. 등과 손과 말랑말랑한 뺨. 사소한 일에 집착하지 않는 푸근함, 꼼꼼하지 않으면서도 전기와 가스는 절약하는 성품. 그 어느 것도 내가 그를 좋아하는 이유는 아니지만, 그 모든 것이 나와 맞아 정말 좋다. 키스하고 섹스도 하면서 몸과 마음이 서로에게 익숙해지자, 어디를 좋아하고 왜 좋은지는 다 잊고 말았다. 그것은 무척 기쁜 일이었다. 다케루를 좋아하게 된 이유와 좋아하는 점을 생각하지 않아도 마음 편히 함께 있을 수 있다. 동기는 불순했을지 몰라도, 지금 다케루의 연인이 되기를 잘했다고 생각한다.

"여름 방학도 다 끝났는데, 우리 축하 파티나 할까?"

"응. 그러자."

여름 방학의 마지막 일요일, 아침부터 다케루의 방에서 청소를 하고 텔레비전을 보면서 키스도 하고 섹스도 하고, 느긋하게 지냈다.

"뭐 먹으로 갈래?"

"그러지 뭐."

처음 다케루의 집을 드나들 무렵에는 팔을 걷어붙이고 정성스럽게 샌드위치니 스파게티를 만들었지만, 지금은 좀처럼 그러지 않는다. 둘이서 편의점이나 슈퍼마켓에서 이것저것 사와 먹는 날이 많다. 음식 재주가 없는 것은 아니지만 그렇게 하는 게 훨씬 부담 없고 좋다는 것을 알았기 때문이다.

"가끔은 호사스럽게 생선초밥이나 프랑스 요리 같은 걸 먹을까?"

다케루는 누운 채 말했다.

"그러네."

나도 다케루의 배 위에 얼굴을 얹은 채 대답한다. 그의 배는 정말 부드럽다. 피부도 매끄러워 볼을 부비면 기분이 좋다. 타인의 배를 만져볼 기회는 좀처럼 없다. 게다가 이렇게 부드러운 데 얼굴을 얹을 수 있다는 것은 행복이다.

"그러네라니, 어떻게 하겠다는 거야?"

"글쎄……."

"서둘러야지, 2시가 넘으면 점심 영업시간 다 끝나잖아."

"그렇구나."

움직일 마음이 없는 우리는 결국 동네 슈퍼마켓에서 파티용 고급 생선초밥 세트를 사와서 먹기로 했다.

"우리, 정말 행동력 빵점이다."

나는 그렇게 말했지만, 충분히 만족스러웠다.

파티용 생선초밥에 닭튀김과 감자 샐러드까지 늘어놓자 식탁이 화려해졌다. 밥을 먹으며 주스를 마시면 속이 울렁거린다는 둘의 공통점 때문에, 우리는 녹차로 건배를 했다.

"자, 먹자."

다케루는 생선초밥에 딸린 간장 봉지를 뜯어 초밥 위에 골고루 뿌렸다. 오징어도 참치도 김말이도 순식간에 갈색으로 물들었다.

"아이 참, 왜 이렇게 다 뿌리는 거야?"

"응?"

"간장은 보통, 먹을 때 찍어 먹는 거잖아."

나는 김말이와 장어회를 간장에서 건져 내 다른 접시에 옮겨 놓았다.

"이렇게 하면 편하잖아."

"아니야. 짜고 맛도 없어진단 말이야."

회전초밥집에서든 생선초밥집에서든 초밥을 먹으면서 이렇게 먹는 사람은 지금까지 본 적이 없다.

"뭐 어때. 고사리떡도 다 들러붙은 채 먹어 놓고선……."

다케루가 말했다.

여름 방학이 시작되자마자, 다케루의 방에서 고사리떡을 만들었다. 물에 고사리 가루와 찹쌀 가루를 풀어 커다란 냄비에 부글부글 끓인다. 그러면 어이가 없을 만큼 많은 고사리떡이 완성된다. 가게에서 사는 것이 어리석게 느껴질 만큼 간단히 만들 수 있다. 게다가 금방 만든 고사리떡은 둘이 먹다 하나가 죽어도 모를 만큼 맛있다. 외갓집에서 고사리 가루를 보내와서, 다케루에게도 맛보여 주고 싶었다.

"잘 섞어."

냄비를 불에 올려놓고 고사리 가루가 뭉치지 않도록 나무 주걱으로 잘 휘저어야 한다. 그러려면 상당한 힘이 필요하다.

"이만하면 됐나?"

"아니, 투명해질 때까지 더 조려야 돼."

다케루에게는 떡이 될 때까지 조리는 힘든 작업을 시키고, 나는 콩고물에 설탕을 섞는 쉬운 일을 했다.

"이제 된 거야?"

나무 주걱을 이리저리 휘저으며 다케루가 물었다. 얼굴에 땀이 솟아 있었다. 냄비 안을 들여다보니 고사리떡이 마침 적당히 굳어 있었다. 가게에서 파는 것은 전분을 섞기 때문에 하얗지만 진짜 고사리 가루로 만든 고사리떡은 색깔이 거무죽죽하다.

"역시 남자가 하는 게 최고다. 힘의 배분이 절묘해."

우리는 둘이서 고사리떡을 잘게 뜯어 물과 얼음을 듬뿍 담은 그릇에 옮겼다.

"이거 다 먹을 수 있을까?"

다케루는 그릇에 둥둥 떠다니는 무수한 고사리떡을 보면서 말했다. 족히 쉰 개는 될 텐지만, 쉬 넘어가는 데다 무엇보다 맛있으니까 충분히 먹을 수 있다.

"걱정 말라니까."

나는 다케루의 집에서 가장 큰 바구니에 고사리떡을 걸러 식탁에 올려놓았다.

"고사리떡, 이렇게 먹는 거야?"

수북이 쌓인 고사리떡과 각자의 앞에 콩고물이 담긴 앞접시가 놓여 있는 것을 보고 다케루의 눈이 휘둥그레졌다.

"응."

"메밀국수 같다."

"듣고 보니 그러네."

여름 방학이 되면 우리 집에서는 고사리떡을 만든다. 커다란 냄비에 고사리 가루를 풀어 끓인 후 찬물에 담갔다가 바구니에 거른다. 그리고 가족이 빙 둘러앉아 콩고물에 묻혀 먹는다. 각자 입맛이 달라 콩고물에는 각자가 알아서 설탕을 섞어 만들기도 한다. 어렸을 때부터 그렇게 고사리 떡을 만들어 먹었기 때문에 내게는 당연한 일이지만, 어쩌면 이상할지도 모르겠다. 신기해하는 다케루를 보고 있자니, 각기 다른 가정에서 자랐구나 하는 생각이 들었다.

"재미있을 거 같은데."

다케루는 그렇게 말하고는 재빨리 고사리떡을 먹기 시작했다. 그러고는 맛있다며 감동했다. 쉰 개나 되는 고사리떡을 둘이 순식간에 해치웠다.

"그래도 고사리떡 먹을 때는 한 개씩 콩고물을 묻혀서 먹었잖아."

큰 접시에 담아 같이 먹는 것과 간장을 한꺼번에 뿌려서 먹는 것과는 사정이 다르다.

"귀찮은데, 뭐 어때."

다케루는 생선초밥을 한입에 넣고 우물거리며 말했다.

"고급스러운 맛이 없어지잖아."

그렇게 투덜거리면서도 나는 계란초밥을 입에 넣었다. 달콤한 계란에 간장이 섞여 묘한 맛이 났지만 그런대로 먹을 만했다. 둘이서 먹으면 맛 같은 사소한 것은 아무래도 상관없는지 모른다.

"다음에는 한 개씩 잘 찍어 먹자."

다케루는 그렇게 말하고는 겨울 방학의 마지막 날에도 함께 생선초밥을 먹자고 약속했다.

애인이 생기면, 먹을거리도 먹는 방법도 다양해진다. 다른 환경에서 자란 사람과 친밀해지는 것도 어쩌면 유쾌한 일인지 모르겠다.

3

허벅지 위쪽에 습진이 생겼다. 별거 아니겠지 하고 그냥 내버려 두었더니 점점 악화되어 벌겋게 부어올랐다. 땀을 흘리는 데다 걸을 때마다 옷자락에 쓸리니까 점점 심해진다. 만지고 긁어 대는 통에 진물까지 나서 환부가 덧나 영 꼴이 말이 아니다. 장소가 장소이니만큼 아무도 모르게 얼른 치료해야 한다.

혼자 사니까, 들킨다고 해봐야 치나미뿐이다. 섹스만 하지 않으면 들킬 일은 없다. 뭐라 뭐라 둘러대고 일주일, 열흘은 그럭저럭 버텼다. 애인을 앞에 놓고 열흘이나 섹스를 하지 않다니, 신체 건강한 나로서는 매우 처참한 일이지만 이런 사타구니를 보면 열흘은커녕 평생 섹스할 수 없을지도 모른다. 그런 생각으로 참으며 치료에 무진 애를 썼다. 그런데 나을 기미는 보이지 않고 오히려 점점 더 심해질 따름이었다.

두 주일이 지난 일요일, 치나미가 무슨 이야기를 하다가 슬쩍 말했다.

“있지, 우리 열흘이나 섹스 안 했다.”

“뭐?”

“그러니까, 섹스 안 한 지 오래되지 않았느냐고.”

“하고 싶어?”

“그럼.”

나는 당장이라도 이부자리를 펼까 하다가 습진을 생각하고는 그만두기로 했다. 환부가 엉망이다. 오늘은 곤란하다.

“앞으로 일주일만 기다려.”

나는 의미가 불분명한 변명을 했다.

“생리 때문에?”

“아니, 아무튼.”

내가 적당히 대답하자 치나미가 싱긋 웃었다.

“다케루 군. 내가 아무것도 모르는 줄 알지?”

치나미는 매사에 둔감하지만, 의외로 예리한 구석이 있다. 어쩌면 벌써 옛날에 눈치 챘는지도 모른다.

“뭘?”

나는 넌지시 물어보았다.

“뭐라니? 다 아는데.”

“안다니, 뭘?”

“뭐는, 다케루 군이 섹스할 수 없는 이유지.”

“미안해…….”

결국 나는 포기하고, 치나미에게 습진의 비참한 상황을 털어놓았다.

“그거, 습진이었어?”

“그럼, 몰랐던 거야?”

“알기는 알았지만, 치질인 줄 알았지. 걸음걸이도 이상하고, 엉덩이를 늘 감싸는 것 같아서.”

“치질보다 심해.”

“그래? 어디 한 번 보여 줘.”

“뭐?”

싫다는 데도 치나미는 얼른 보여 달라고 억지를 부렸다.

“보여 주면 용서할게.”

나는 보기가 거북할 정도로 심하다고 몇 번이나 분명히 밝힌 후 바지를 벗었다.

“우와, 정말 심하다.”

치나미는 비명을 지르면서도 내 사타구니를 들여다보았다. 내 사타구니는 벌겋게 부어오른 데다 군데군데 껍질이 벗겨져 진물에 피에, 정말 형편없는 꼴이었다.

"그렇게 꼼꼼히 봐야 돼?"

"제대로 봐야 알지."

그렇게 말하고 치나미는 뭐라도 된 양 환부를 흥미롭게 쳐다보고 만지고 관찰하기 시작했다.

"창피하다, 그만 봐라."

치나미는 내 말은 무시한 채, 꾹꾹 누르기까지 하면서 오래도록 쳐다보았다.

다음날, 치나미가 약을 들고 왔다.

"웬 약?"

"병원에서 지어왔어."

"어떻게?"

"내 팔꿈치 거칠거칠하잖아? 그래서 보여 주고 진찰받은 다음에, 동생이 사타구니에 심한 습진이 생겼는데 약 좀 달라고 했지. 아, 직접 봐야 자세한 건 알 수 있다고 했으니까, 내키면 병원에 가 봐."

"대단하다."

병원에서 사타구니에 생긴 습진의 증상을 설명하는 치나미의 모습을 상상하자 그만 얼굴이 붉어지고 말았다.

"빨리 샤워하고, 약 바르자."

"뭐?"

"약 발라 준다고."

"됐어. 부끄럽게."

"부끄럽긴. 어제 봤잖아. 그 전에도 종종 봤고."

"그래도……."

"괜찮으니까, 빨리."

치나미는 나를 억지로 목욕탕으로 데리고 가서는 사타구니를 깨끗이 씻어 주었다. 그리고 약을 바르기 시작했다. 나야 물론 내 손으로 바르겠다고 했지만, 치나미의 말로는 남이 치료해 주면 제 손으로 치료하는 것보다 두 배는 빨리 낫는다고 한다. 그러고 보니 치나미는 열이 나면 일부러 나를 찾아왔다. 이마에 손을 올려놓고 있으면 빨리 낫는다고 해서 나는 데이트하는 내내 치나미의 이마에 오른손을 대고 있었다.

"부작용도 없지, 터치 힐링이 가장 좋은 치료법이야."

그 말이 사실인지 거짓말인지는 모르겠지만 아무튼 나는 순순히 다리를 벌리고 치나미 앞에 앉았다. 도무지 한심해서 못 봐 줄 꼴이었지만, 치나미는 아무렇지 않게 아니 오히려 신나서 약을 발랐다.

"야, 이거 정말 못 봐 주겠다."

나는 다리를 벌린 채 말했다.

"정말 심하다."

"그게 아니고, 이 꼴 말이야."

"진짜 그러네. 꼴불견이다."

치나미는 웃었다.

"보통은 이렇게 못 해."

"그래, 한 가족 같아."

치나미는 정말 그렇다는 듯이 말하면서도 손을 멈추지 않았다.

"설마. 어머니나 여동생이라도 그렇지, 어떻게 이래."

"그런가?"

"창피해서 절대 못 하지. 치나미도 그렇지, 오빠에게 이렇게 해줄 수 있어?"

"글쎄, 좀 그러네."

치나미는 고개를 갸우뚱거리고 진지하게 생각하더니, 얼굴을 찌푸리며 말했다.

"징그러워서 못할 거 같다. 그럼, 다케루 군이니까 할 수 있는 거네."

"대단한 관계네, 연인이라는 거."

"뭐든 할 수 있네."

우리는 그렇게 감탄하며 묘한 자세로 서로에게 "사랑해."라고 말했다.

"빨리 낫길 바랄게."

치나미는 그렇게 말하면서 내 사타구니에 키스했다.

늘 차로 데려다 주는데 그날은 전철을 타고 집 앞까지 걸어갔다.

"늦었는데, 인사라도 하고 갈까?"

치나미의 집 앞에서 말했다. 벌써 몇 번이나 되풀이하는 대사다.

"무슨 인사?"

"부모님이나 오빠한테."

"됐어. 괜찮아."

"여기까지 왔는데, 그래도 한 번은 부모님을 뵙는 게 좋잖아."

"됐다니까. 다들 자고 있을 거야."

치나미는 늘 그렇듯, 내가 자기 가족을 만나는 것을 거부했다.

"8시밖에 안 됐는데?"

내가 현재 시각을 지적하자 치나미는 어깨를 으쓱하며 웃었다.

"다케루 군, 기분이 썩 좋지는 않을 텐데."

"그런 가족이야?"

"응. 아빠는 술주정꾼에, 엄마는 애주가."

치나미의 그 말은 거짓말이다. 치나미는 단란한 가정에서 고이 자라서 온화함과 동시에 나약함을 지니고 있다.

"음, 오늘도 만나서 즐거웠어. 그럼 또 봐."

치나미는 그렇게 말하고는 손을 흔들었다.

4

치나미는 마지막 순간까지 내키지 않는 시큰둥한 표정이었다.

"정말 들어갈 거야?"

"새삼스럽게 무슨 소리야? 이렇게 선물까지 샀는데."

"하긴."

치나미는 여전히 내키지 않는 표정으로 고개를 끄덕였다.

사귄 지 거의 반년이 지났으니까 일단은 치나미의 가족에게 인사하고 싶었다. 떨어져 산다면 몰라도 치나미는 자기 집에서 살고 있다. 나에 대해선 가족들도 알고 있을 것이다. 그런데 모르는 척하는 것은 오히려 내가 거북하다.

치나미가 사는 곳은 새롭게 조성된 조용한 주택가다. 나무가 같은 간격으로 서 있고, 길도 넓고 깔끔하게 정돈되어 있는 동네다. 빨갛고 노란 낙엽이 길거리를 포근히 장식하고 있었다. 늘어선 집도 대부분 양식으로 세련되게 가꾼 아담한 정원 풍경이 아름다웠다.

가을 색이 짙은 저녁나절, 집에서 흘러나온 저녁반찬 냄새가 거리에 가득해 마음마저 따스해졌다. 타인의 집에 갈 때는 가슴이 두근거린다. 어째서인지는 모르겠지만, 처음 만나는 치나미의 가족은 치나미를 많이 닮았을 것 같아 나는 그다지 긴장도 하지 않았다.

치나미의 집 마당에는 종류가 다른 나무가 빼곡히 들어차 있었다. 높이가 서로 다른 탓에 울창하다는 느낌보다는 바람이 잘 통할 것 같았다. 현관 앞에 서 있는 두 종류의 나무는 잎이 노랗게 물들어가고 있었다.

"수유나무하고 왕벚나무야."

치나미가 그렇게 가르쳐 주었다.

치나미는 마지막으로 다시 한 번 "정말 싫지 않아?"라고 확인하고는 크게 숨을 들이쉬고 무거운 문을 열었다.

"다녀왔어요."

치나미의 목소리에 안에서 어머니와 아버지가 함께 나왔다.

"어서 와요. 우리 치나미가 늘……."

반가운 목소리로 그렇게 말하던 어머니가 내 얼굴을 보고는 그대로 굳어 버리고 말았다. 아버지도 아무 말 없이 그저 나를 쳐다보았다. 두 사람 다 말을 잊은 듯 나를 바라만 보았다. 부시다는 듯 눈을 찡그리고, 내 얼굴을 내 모습을 확인하듯 빤히 쳐다본다. 치나미가 나를 처음 봤을 때와 똑같은 표정. 두 사람이 너무도 강한 시선으로 쳐다보기에 나는 인사도 못하고 있었다.

"나가이 다케루야."

치나미가 침묵을 깨듯 또랑또랑한 목소리로 말했다.

"응, 아. 잘 왔네. 치나미에게 얘기는 많이 들었어. 늘 잘 대해 준다고."

번뜩 정신이 돌아온 듯 아버지가 그렇게 말하며 나를 집 안으로 데리고 들어갔다.

저녁은 미트로프와 프랑스 음식 브이야베스(어류와 조개류를 마늘, 사프란으로 풍미를 곁들인 프랑스 요리. —역주)였다. 물론 나는 이름도 모르는 음식이었다. 하지만 양쪽에서 폴폴 피어오르는 좋은 냄새에 긴장이 완전히 풀린 나는 그만 배가 고파지고 말았다.

"보통 때도 이렇게 맛난 음식을 먹는 건 아니야."

치나미가 그렇게 말했다.

"우리 치나미가 애인을 데리고 온다고 해서 솜씨를 좀 부려봤어요."

그렇게 말하며 웃는 어머니도 나무랄 데 없었다. 치나미는 비교적 아버지를 많이 닮았지만, 웃는 모습은 어머니와 똑같았다.

음식은 정말 맛있었다. 아버지와 어머니는 내게 무척 호의적이었다. 시간이 아늑하게 흘러갔다. 치나미의 부모님은 딸의 애인을 대하는 신중함이나 적의 없이 나를 아주 자연스럽게 받아들여 주었다. 음식이나 음식을 먹는 방법이 내가 자란 가정과는 많이 달랐지만 그래도 이 집에서 몇 번이나 식사를 함께 한 것처럼 편하게 먹을 수 있었다.

아버지와 어머니는 치나미와 나의 관계보다는 나에 관해 물었다. 담배는 피우나? 술은 어때, 센가? 가족은? 좋아하는 음식은? 혈액형은? 어떤 음악을 좋아하는데? 질문은 모두 사소한 것들이었다. 그리고 내 대답을 아버지와 어머니 모두 귀 기울여 들어 주었다. 다만 어머니가 젓가락을 움직이는 내 손, 물을 마시는 내 입가를 물끄러미 바라보는 것이 마음에 걸렸다. 아버지 역시 내 얼굴을 주의 깊게 쳐다보곤 했다. 처음 만났을 때 치나미도 그랬다. 내가 쓰는 글자, 물건을 옮기는 손, 그런 사소한 하나하나에 주목했다. 사람의 동작 하나하나에 주목하는 것은 스즈키 집안의 내력일까.

식사를 마치고 선물로 가져온 치즈 케이크를 먹기로 하고 어머니가 홍차를 끓이는 동안 나는 거실을 둘러보았다. 거실에는 피아노가 있고 푹신한 소파가 있었다. 그림을 그려 놓은 듯 화목한 가정이구나, 라고 생각하면서 피아노로 눈길을 돌린 순간 나는 헉 하고 숨이 멎었다.

진실을 갑작스럽게 깨달았을 때는 이렇게 몸으로 충격을 받는 것일까. 나는 정수리에서 핏기가 가시면서 손발 끝이 싸늘해지는 것을 느꼈다.

피아노 위의 사진 한 장. 세련된 은색 액자에 담겨 있는 사진 한 장. 그 사진이 내게 모든 것을 가르쳐 주었다. 그것은 신속하고 명확하게 내게 진실을 알려주었다. 치나미가 내게 접근한 이유, 좀처럼 집 안에 들여놓지 않으려 했던 이유, 아버지와 어머니가 보여주는 친근한 태도. 지금까지 품어왔던 많은 의문이 단숨에 풀렸다.

"오빠는?"

내 목소리는 가칠했지만 아주 분명히 울렸다.

"오빠는 아직 안 들어왔어?"

치나미는 내게서 눈길을 돌린 채, "없어."라고 대답했다.

"없다니, 외출했어?"

"아니, 그런 게 아니고."

"그런 게 아니면?"

"없다고."

이제 그만두자. 묻지 않아도 알고 있다. 알았으니 된 일이다. 이 이상 물어서는 안 된다. 생각은 그런데 나는 계속 캐묻고 말았다.

사진 속에 있는 치나미의 오빠와 내가 너무도 비슷했다. 얼굴이며 몸집이며 분위기까지. 내 눈을 의심할 정도로 닮았다.

"같이 사는 거 아냐?"

"음, 맞아."

"그런데 왜 없어?"

"없으니까 없지."

치나미는 얼굴을 들지 않은 채 대답했다. 표정이나 목소리는 평소와 다름없었다.

"오호, 나가이 자네도 피아노를 치나?"

화장실에서 돌아온 아버지로 인해 우리의 대화는 끊기고 말았다.

사실은 그냥 이 집에서 뛰쳐나가고 싶었다. 치나미 말대로 오지 말았어야 했다. 방금까지 우호적으로 느껴지던 공간이 견딜 수 없을 정도로 갑갑했다. 나를 너무도 친근하게 바라보는 아버지와 어머니의 눈길도 거북해 견딜 수 없었다.

한시라도 빨리 여기에서 해방되고 싶었고, 홀로 머릿속을 정리하고 싶었다. 하지만 나는 치나미를 위해 그런 충동을 억제하고 아무 맛도 나지 않는 치즈 케이크를 먹었다.

그러지 않아도 된다는데도 치나미는 역까지 데려다 주겠다고 고집을 부렸다.

"그래서 오지 않는 게 좋다고 했는데……."

치나미는 혼자 중얼거렸다.

"언제지?"

"뭐가?"

"오빠가 언제 죽었냐고?"

"내가 대학에 입학하자마자."

"나는 몰랐잖아."

치나미의 이야기에 오빠가 등장하는 일은 간혹 있었지만, 죽었다는 소리는 한 번도 듣지 못했다.

"다케루가 죽었는지 살았는지 묻지 않았잖아."

"그런 질문을 어떻게 해."

"살아 있는지 죽었는지, 그런 얘기도 보통은 안 해."

"그래서 내게 말을 건 거였지?"

나는 치나미를 보지 않고 말했다.

"아무 이유도 없이 내게 다가오다니, 어째 이상하다 했어."

인적 드문 밤길에 내 목소리가 크게 울렸다. 주택가의 밤은 이르다. 겨우 9시밖에 안 되었는데 사방이 조용해 우리의 발소리만 울린다.

"이상하지 않아. 그럼 어떤 식으로 만나야 되는 건데? 길에서 우연히 마주쳤는데 한눈에 반했다, 그래야 되는 거야? 친구에게 소개를 받으면 되는 거야? 계기는 뭐가 됐든 상관없잖아."

치나미가 말했다. 나는 아무 대꾸도 하지 않고 묵묵히 걸었다.

치나미를 만났을 때, 좀처럼 애인이 되지 못했을 때, 좀 이상하다 싶은 순간은 많이 있었다. 치나미의 가족을 만나지 않았더라면 나는 아무것도 모르는 상태에서 계속 사귀었을까? 만약 그랬다면 정말 끔찍한 일이었을 것 같다. 나는 오빠를 대신하는 인물이었나. 내 얼굴이 오빠를 닮지 않았더라면 치나미와 사귈 수 있었을까. 치나미는 나를 누구라 여기고 함께 시간을 보낸 것일까.

치나미가 몇 번이나 말을 걸어왔지만 나는 대답도 하지 않았다. 그런데도 치나미는 역까지 나를 따라왔다.

나는 지금 무엇에 화를 내고 있는 것일까. 치나미가 오빠에 대해 아무 말도 안 했기 때문에? 치나미가 나를 좋아하게 된 이유가 내가 오빠를 닮아서였다는 것을 알게 되었기 때문에?

잘 가라는 치나미의 인사를 몇 번이나 들으면서도 나는 돌아보지도 않은 채 개찰구를 지났다.

다음날 아침, 치나미는 오후에 수업이 있는 날인데도 역에 나와 있었다. 우리는 동시에 서로를 발견했다. 미처 눈길을 피하지 못한 나는 어쩔 수 없이 치나미가 다가오기를 기다렸다.

"잘 잤어?"

치나미는 여느 때보다 수줍어하며 말했다.

"응."

내가 대답하자, 치나미는 안심했다는 듯이 생긋 웃었다. 치나미의 웃는 얼굴을 보자 사르르 풀어지는 내 마음을 느낄 수 있었다.

"화났어?"

치나미가 물었다.

"아니."

"저 말이지……."

치나미는 할 말을 찾으려는 듯 허공을 쳐다보았다.

"알아."

치나미가 무슨 설명을 하려는 것인지 알 수 있었다.

어제 밤새 생각해 나는 그 답을 알았다. 아니 밤을 새우지 않았더라도 돌아오는 전철 속에서 이미 그 이유를 알고 있었다. 치나미는 오빠를 닮았기 때문에 내게 말을 걸었고 접근했다. 그리고 내 곁에 있으려 했다. 그것은 사실이다. 하지만 지금 나는 치나미가 나를 사랑하고 있다는 것을 안다. 그러니까 이유나 근거 따위는 아무래도 상관없다.

"어, 가방이 왜 그렇게 무거워 보여?"

나는 기분을 바꿔 밝은 목소리로 말하면서 치나미의 가방을 가리켰다.

"어, 응. 사전이 들어 있어서."

그렇게 말하며 치나미는 가방을 열어 보였다. 안에는 내가 선물한 사전 세 권이 들어 있었다.

"집하고 학교하고 사전을 나눠 쓰면 되잖아?"

나는 그렇게 하라는 뜻에서 생일날 사전을 선물했다. 매일 아침 복잡한 전철을 타야 하는데 무거운 가방을 들고 학교에 다니기가 힘들 것 같아서.

"그렇긴 한데, 다케루가 준 것만 쓰다 보니까 전에 쓰던 사전이 손에 잘 안 잡혀서."

"합리적이지 않은 것 같은데."

"괜찮아. 합리적이라 해봐야 별거 없으니까."

치나미는 그렇게 말하고는 신이 난 듯 웃었다.

"그보다 큰일 났어."

"뭐가?"

"우리 아빠하고 엄마가 다케루가 너무 마음에 든대. 데리고 오라고 야단이야."

치나미는 어깨를 으쓱했다.

치나미의 말대로 아버지와 어머니는 툭하면 나를 오라고 했다. 아들의 공백을 나로 메우려는 게 눈에 뻔히 보여 당황스러웠다. 하지만 나의 우연한 몸짓 하나 말투 하나에 흐뭇해하는 아버지와 어머니의 표정을 보고는 치나미의 집에 드나들지 않을 수 없었다. 아버지는 내가 가는 날에는 일찌감치 일을 끝내고 들어온다. 어머니는 손수 음식을 장만한다. 치나미 외에는 나를 치나미의 오빠 마코토라 여기고 대했다.

"애지중지하는 딸한테 손댔다고 무턱대고 화내는 부모보다는 낫잖아."

치나미는 그렇게 말하며 웃었다. 비밀이 없어진 치나미는 마음의 짐을 벗은 듯 보였다.

"오늘은 리조또를 만들려고 하는데. 자네도 좋아하지?"

어머니는 내 취향을 당신 멋대로 결정한다. 스즈키 집안에서 나는 홍차를 좋아하고 매운 것을 싫어하며 치즈와 버터를 좋아하는 사람이다. 사실은 홍차보다 커피를 좋아하고 매운 것을 좋아하지만 일일이 부정할 만한 일도 아니라 나는 그냥 자연스럽게 받아들인다. 게다가 그런 순간에 나와 마코토와 다른 점을 느끼고 오히려 나는 안심한다. 취향까지 같지 않아서 정말 다행이라고. 있는 그대로의 나를 마코토로 여기게 하는 것보다는 나와 다른 그를 연기하는 편이 그나마 마음이 편했다.

"리조또가 뭔데?"

나는 치나미에게 슬쩍 물었다. 오빠가 굉장히 좋아했던 음식이야. 치나미는 그렇게 대답했다.

그리고 저녁 식탁에 오른 것은 조개와 채소가 들어 있는 죽이었다. 죽에 조개가 들어 있다는 것만으로도 입맛이 가시는

데, 어머니는 치즈 가루까지 듬뿍 뿌려 내 식욕을 감퇴시켰다. 죽에 치즈. 내 상식에는 전혀 없는 음식이다.

"어때요?"

어머니가 불안한 표정으로, 아니 내가 맛있어 하리란 것을 다 알고 있다는 듯 물었다. 나는 눈 딱 감고 조개죽을 떠서 입에 넣었다.

"야, 맛있는데요."

나는 그렇게 말하며 웃었지만 죽을 맛이었다. 조개와 양파 맛에 속이 다 메슥거렸다. 치나미는 그런 나를 보며 히죽 웃었다.

"다케루는 이런 거 싫어해."

치나미가 말하자 어머니는 아쉽다는 듯, "어머 그러니. 미안해요."라고 시무룩한 목소리로 말했다.

"아니, 괜찮습니다. 처음 먹어 보는 것이기는 한데, 맛있네요."

내가 마코토와는 다른 사람이라는 게 분명해지는 순간에는 가족 모두가 찬물을 덮어쓴 듯한 분위기가 되어 버린다.

"그럼, 억지로 먹지 않아도 돼요."

어머니는 슬픈 듯이 말했다.

"다음 쉬는 날에는 등산이나 갈까?"

아버지가 무거워진 분위기를 되살리려 명랑하게 말했다. 아버지는 적잖이 술을 마셔 얼굴이 벌겋다. 내가 오는 날이면 아버지는 늘 술을 마신다. 포도주나 맥주, 아니면 정종 등 일정하지 않은 종류로 보아 무슨 술이든 상관없는 모양이다. 금방 취해 잠이 들기도 해, 그리 센 편도 아닌 듯하다. 아마도 아들과 술을 마실 수 있어 그저 기쁜 것이리라. 아버지는 늘 얼굴이 빨개질 때까지 마셨다.

"등산이요?"

나는 두 잔째 백포도주를 마시며 말했다. 포도주와 함께 먹으니 리조또가 그나마 조금은 맛있게 느껴졌다. 아버지는 내가 술이 세서 반가운 듯, 술잔이 빌 것 같으면 금방 채워 주었다.

"지금 이 계절이 등산하기에 딱 좋거든. 춥지도 않고, 경치도 좋고."

아버지는 어떤 기억을 떠올리는 듯 눈을 지그시 감고 말했다. 마코토가 등산을 좋아했으리라.

"좋습니다. 같이 가시죠."

"괜히 그러지 않아도 돼."

치나미가 말했다.

"아니, 가보고 싶어. 한 번도 산에 오른 적이 없거든."

나는 치나미를 보면서 말했다. 성가신 일도 많았지만, 마코토를 연기하며 리조또를 먹고 등산을 하는 등 재미있는 일도 있었다. 다른 인간을 연기하면 자신의 세계가 넓어져 좋을지도 모른다.

식사가 끝난 후에 어머니가 과일 그라탱을 만들어 주었다. 그 이름을 처음 들었을 때는 또 무슨 이상한 요리를 먹어야 하나 하고 놀랐지만, 막상 요리는 과일에 카스타드 크림을 끼얹고 오븐에 구워 낸 심플하고 맛있는 디저트였다.

"이 집에 올 때마다 살찌는 것 같다."

치나미네 집에서는 식후에 반드시 디저트를 먹는다. 부모님이 신경을 써 주는 덕분에 디저트는 나와 치나미 둘이서 거실에서 먹는다. 처음에는 함께 먹자고 했지만, 지금은 디저트를 먹을 때가 이 집에서 가장 편하고 소중한 시간이 되었다.

"단 거 많이 먹고 살도 많이 쪄야지. 그래야 다케루의 배가 보들보들해져서 내가 베고 있기가 좋지."

치나미는 카스타드 크림이 잔뜩 묻은 바나나를 오물거리면서 말했다. 그라탕에는 바나나와 사과와 오렌지가 들어 있었는데, 크림 맛과 어우러진 바나나가 가장 맛있었다.

"달고 따끈한 것이 맛있게 느껴지면 겨울이 다가왔다는 뜻이야."

치나미가 그렇게 가르쳐 주었다. 11월에 들어서자 날씨가 추워졌다. 치나미네 집에서도 난로를 꺼내 놓고 커튼을 두꺼운 것으로 바꾸는 등 겨울 채비를 시작했다.

"치나미가 피아노를 쳐?"

거실에 있는 짙은 포도주색 피아노 위에 악보 몇 권과 유리 케이스에 담긴 플루트가 놓여 있었다.

"응. 사실은 우리 음악 가족이야. 엄마는 노래를 부르고 아빠는 기타를 치고. 굉장하지?"

"플루트는?"

"그건 오빠 거야."

"정말 대단하네."

치나미의 가족은 그런 데 아주 잘 어울린다. 우리 가족은 아버지가 뽕짝을 엉터리로 열창할 뿐, 음악과는 거리가 멀다. 피아노 위에 놓여 있는 플루트는 상당히 오랫동안 사용한 듯 손때가 묻어 있었지만 고급한 물건인지 묵직이 빛났다.

"하지만 오빠가 죽은 뒤에는 거의 연주를 안 해. 엄마도 노래를 부르지 않고 아빠의 기타는 벽장에서 잠자고 있고."

"한 번 쳐봐."

내가 부탁하자 치나미는 다음에, 라고 말했다. 오빠가 죽으면서 치나미도 피아노를 치지 않는 것이리라. 달콤한 바닐라 향이 둥실 떠다니는 거실에서 나는 가슴이 아팠다.

고등학교 시절, 잠시 기타에 빠졌던 시기가 있어서 악보는 읽을 줄 안다. 하지만 플루트는 의외로 골치 아픈 악기였다.

가장 싼 플루트는 장난감처럼 가벼웠지만 그래도 7천 엔이나 했다. 초보자용 교본을 사서 날마다 연습했지만 도통 소리가 나지 않았다. 숨을 들이쉬고 내쉬는 방법이 복잡하고 어렵다. 소리를 제대로 내는 데 일주일이나 걸렸다.

이대로 가면 크리스마스나 되어야겠다. 하지만 11월 말에 치나미 아버지의 생일이 있다. 그때까지는 어떻게든 한 곡이라도 불 수 있었으면 한다.

지난 일요일, 아버지와 둘이서 등산을 갔다. 우리는 공통의 화제를 두런두런 이야기하면서 산길을 걸었다. 처음 듣는 나무의 이름, 때때로 들려오는 새소리. 아버지는 그런 것들을 다 아는 듯했다. 하지만 내가 묻지 않으면 아무 말도 하지 않았다. 학생 시절부터 등산을 시작했다는 말 외에는, 산에 대해서도 등산에 대해서도 딱히 아무런 말도 하지 않았다. 하지만 나무를 대하는 모습과 날씨의 변화를 미리 감지하고 걷는 속도를 조절하는 아버지의 모습에서 산을 잘 알고 있다는 사실을 금방 알 수 있었다.

딸의 애인, 아들을 닮은 나. 나와 지내면서 자신을 치유하고, 그리고 내가 아들이 아니라는 것을 인식하고는 상처를 입는다. 아버지의 소리 없는 친절함에 깊은 슬픔이 자리하고 있음이 느껴지면 나는 어쩔 줄 몰랐다.

아버지의 생일날, 상상했던 대로 상다리가 휘어졌다. 아버지가 좋아하는 굴을 튀기고 밥에 섞고 탕으로 만든 요리를 한껏 먹었다. 식사가 끝난 뒤에는 모두 거실에 모여 치나미가 구운 초콜릿 케이크를 먹었다.

"단 걸 먹는 배는 따로 있으니까."

그렇게 말하면서 치나미와 어머니는 두 조각이나 먹었지만, 나와 아버지는 배가 불러 더 이상 들어가지 않았다. 그런데도 나는 "내가 애써서 만든 건데." 하는 치나미의 협박에 몽땅 먹어 치웠다. 홍차와 포도주를 마시고, 천천히 흐르는 시간을 편안히 즐겼다. 시시껄렁한 화제도 바닥이 날 즈음, 나는 이제 슬슬 본론으로 들어갈 때다 싶어 심호흡을 했다.

"다 같이 연주 한 번 해볼까요?"

갑작스런 나의 발언에 치나미는 물론 아버지와 어머니도 어리둥절한 표정을 지었다. 나는 가방에서 플루트를 꺼냈다. 피아노 위에 놓여 있는 플루트와는 비교도 안 되는 그것은 번들번들 싸구려 티가 났다.

"그거, 웬 거야?"

치나미가 물었다.

"샀어. 싸구려지만. 음, 우리 같이 합주해 보죠."

나는 플루트를 들고 자리에서 일어섰다.

"다 같이?"

어머니가 말했다.

"네. 아버지 어머니하고, 치나미하고 저하고요. 저는 치나미의 오빠와는 다른 사람입니다. 오빠를 닮았다고 하니 영광이기도 하고 슬프기도 하지만, 저는 치나미를 좋아하고, 아버지와 어머니가 즐거워하는 표정을 보는 것도 좋습니다."

내가 이 집에서 오빠를 운운하기는 처음이었다. 물론 아버지와 어머니가 오빠 이야기를 입에 담는 일도 없었다. 지금까지 아무도 마코토란 사람에 대해 이야기하지 않은 채 지내왔다. 그런 균형이 갑자기 깨지자 아버지와 어머니는 당황해했다.

"연주라니……. 다케루, 플루트 불 줄 알아?"

치나미가 물었다.

"그럼. 제가 플루트를 불겠습니다."

모두들 그대로 자리에 앉은 채 어안이 벙벙한 얼굴로 나를 올려다보았다. 내가 공연한 짓을 하는 것일까. 마코토의 흉내를 내 모두를 불쾌하게 만들고 있는 것일까. 그렇다고 지금 와서 물러설 수는 없었다.

"하지만, 저 두세 곡밖에 불 줄 모릅니다. 크랩튼이 어떨까요?"

"좋지."

아버지가 간신히 입을 열었다.

"멋지겠다."

어머니도 말했다.

"그럼."

"티어즈 인 헤븐."

치나미가 말했다. 옳은 선택. 사실 나는 그 곡밖에 불 줄 모른다. 치나미가 간혹 흥얼거리던 곡. 그 곡을 연습했다.

아버지가 벽장에서 기타를 꺼내 와 줄을 퉁기며 조율했다.

"전혀 손질을 안 해서 말이지."

"한동안 노래를 안 해서 그런지 좀 부끄럽다."

어머니도 그렇게 말하면서 발성 연습을 시작했다.

거실에 소리가 차 올랐다. 그것은 정말 아름다운 광경이었다.

"무슨 장조로 불 건데?"

치나미가 피아노 건반을 이리저리 누르면서 물었다.

"무슨 장조?"

"응, 음높이 말이야."

"글쎄. 음표만 많이 있던데."

내가 그렇게 말하자 치나미는 웃으면서 악보를 보여 주었다.

"올림표나 뭐 이런 거 붙어 있었어?"

아버지의 기타 소리는 조금 불안정했지만 멋스럽고 감동적이었다. 어머니의 노랫소리는 아름답고 맑게 가슴에 스며들었다. 치나미의 피아노는 아버지의 기타와 어머니의 노래와 나의 플루트와 어우러졌다. 내 플루트 솜씨는 정말 형편없었지만, 우리의 연주는 훌륭했다. 나는 이렇게 아름다운 음악은 들어본 적이 없었다.

어머니는 다시 한 번 하자고 했고, 치나미는 이번에는 좀더 천천히 불라고 했다. 결국 '티어즈 인 헤븐'을 네 번이나 불었다. 그리고 우리 모두는 만족스러운 표정을 지었다. 오빠가 살아 있을 당시의 가족이 되살아난 것일까. 음악이 끝난 뒤에도 거실은 온기와 활기로 가득했다.

마지막으로 아버지는 현관에 서서 내 얼굴을 똑바로 보면서 내 이름을 불렀다.

"다케루, 또 오게."

"다시 와야 되니까, 그만 들어가."

그렇게 말하는데도 치나미는 나와 나란히 걸었다. 추운 밤길에 우리 둘의 입김이 하얗게 떠올랐다.

"플루트, 제법이던데."

치나미가 내 호주머니에 손을 집어넣으면서 말했다.

"별 말씀을."

"정말 좋았어. 그리고 놀랐어."

"연습을 꽤 많이 했는데, 아직은 간단한 곡밖에 못 불어. 오빠처럼 되려면 한참 멀었지."

"오빠는 플루트 못 불었는데."

치나미가 똑바로 앞을 보면서 말했다.

"뭐?"

"오빠는 플루트 불 줄 모른다고."

"그럼, 그 플루트는?"

피아노 위에는 분명히 오래된 플루트가 있었다.

"그 플로르트는 오빠가 친구한테 받은 거야. 그래서 이왕 받은 거니까 배워 보려고 몇 번 불다가 깨끗이 포기했어. 오빠는 둔해서 소리가 잘 안 났거든. 플루트는 소리 내기 어렵잖아? 그래서 적성에 안 맞는다고 그냥 포기해 버렸어. 그러니까 오빠는 플루트 전혀 불 줄 몰라."

"그랬어?"

나는 지난 며칠 동안의 노력을 생각하고는 기운이 쫙 빠졌다. 책을 보면서 혼자 연습했다. 이웃에 폐가 되지 않도록 몰래 몰래 연습했다. 치나미 말대로 소리가 나지 않아 고생이 말이 아니었다. 입술 모양이며 복근을 움직이는 법이며 필사적으로 연습해서 겨우 소리를 냈다.

"멋지던데."

치나미가 말했다.

"그렇게 멋진 곡은 아빠나 엄마도 그렇지만 나도 들어본 적 없어."

합주를 하며 거실의 공기가 요동치는 듯한 느낌이 든 것은 과거의 가족이 되살아난 것이 아니라 새로워졌기 때문일까. 나는 크게 숨을 토하고 눈을 감았다. '티어즈 인 헤븐'이 아직도 귓가에 맴돌고 있다. 아무튼 좋은 곡을 멋지게 연주했다. 모두 그렇게 생각하고 있다. 그것으로 충분하지 않을까.

"다케루는 오빠하고 하나도 안 닮았어. 플루트도 불 줄 아는데 뭐."

치나미는 기쁘다는 듯 말했다.

"나, 다케루 군이 좋아."

"응."

나는 고개를 끄덕였다.

시간차

1

나는 참 편리한 여자다. 헤이타는 늘 구시렁거리며 귀찮은 일을 내게 떠넘긴다. 지금까지 내가 그의 부탁을 거절한 적은 단 한 번도 없다. 이런저런 그럴싸한 빌미를 들이대며 떠안기고 매달리고……. 헤이타는 다양한 수단을 동원해 내게 온갖 일을 떠맡긴다.

하지만 아무리 그래도 이것은 아니다.

"그러니까 딱 하룻밤 자는 거잖아. 겨우 스물네 시간이라고. 순식간에 지나가잖아."

헤이타는 평소에 그러는 것처럼 아주 쉽게 말을 꺼냈다. 그는 언제나 그렇듯 사태의 심각성을 모른다.

"시간문제가 아니잖아. 자기가 무슨 소릴 하고 있는지 알기나 하는 거야?"

"알지. 그렇지만 이번 여행은 아주 중요하다고. 이 기회에 사츠키의 마음을 잘 다독여 놓아야지 안 그러면 위험하다니까. 사츠키가 요즘 나를 의심하고 있어."

"사츠키 씨의 기분 같은 거, 난 몰라."

"모른다고 하면 다가 아니지. 들키면 곤란한 건 너도 마찬가지잖아?"

"들켜도 난 상관없어."

"정말이야? 들키면 이렇게 만날 수도 없는데, 그래도 좋아?"

헤이타는 징그럽게 애틋한 목소리를 내며 나를 껴안았다. 이것은 그의 상투적인 수법이다. 하지만 나는 번번이 넘어가고 만다. 헤이타가 꼭 안아 주면 사고가 멎으면서 올바른 판단을 할 수 없게 된다.

"당신, 정말 뻔뻔스럽다. 자기 부인하고 여행가면서 내게 아이를 맡겨? 내가 당신 아이를 보면서 무슨 생각을 하겠냐고. 그리고 아이도 불쌍하지."

나는 헤이타의 팔을 뿌리치면서 항변했다.

"설마……, 그럼 상처 받나?"

"당연하지."

"거짓말. 아, 미안."

헤이타는 조금도 심각하지 않은 표정으로 고개를 숙였다.

헤이타는 나의 애인이다. 사귄 지 2년이다. 이렇게 빤질거리기는 해도 배려할 줄도 아는 친절한 남자다. 하지만 헤이타에게는 아내와 여덟 살 난 딸이 있다. 이제 헤어질 수 없게 되었을 때야 헤이타는 자신이 유부남이라는 사실을 내게 고백했고, 떨어져 지내기 어려워졌을 즈음에야 아이가 있다는 사실을 고백했다.

"그래도 제발 이렇게 부탁할게. 이런 일 부탁할 사람, 당신밖에 없다니까. 나, 당신이 생각하는 거 이상으로 당신을 신뢰하고 있다고."

"지금 칭찬이랍시고 그런 말을 하는 거야? 난 그런 말 들어봐야 하나도 기쁘지 않다고."

이번 주말, 헤이타는 아내와 둘이서 여행을 간다. 10월 16일이 그들의 결혼기념일이기 때문이다. 뭐 바람직한 일이지만, 그동안 딸을 맡아 달라니 어처구니가 없다. 물론 처음에는 외갓집에 맡기려고 했던 모양이다. 그런데 외할머니가 허리를 다쳐 외손녀를 봐 줄 수 있는 처지가 아니다. 그런데 주위에는 딸을 맡아 달라고 부탁할 만한 사람이 없다. 그래서 내게로 화살이 돌아온 것이다.

"내가 맡는 게 더 이상하지. 그러다 부인이 눈치라도 채면 어쩌려고?"

"그건 걱정하지 마. 사츠키에게는 회사 선배 부부에게 맡긴다고 했으니까. 호텔 예약 등의 모든 건 전부 사츠키가 하고, 난 사나만 해결하면 돼. 그런데 아무런 대책도 없다고 하면 사츠키가 화낼 거 아냐."

"그 회사 선배란 게 누군데?"

"물론 당신이지."

"뭐? 기가 막혀서."

"아무튼 부탁해. 당신이 맡아 주면 안심도 되고. 그리고 돌아오면 우리 둘이서 신나게 기분 내자고."

헤이타는 그렇게 허세를 부리며 또 내 어깨를 안았다.

"알았으니까, 이 팔 내려놔. 기분 나빠."

내 기분은 조금도 상관하지 않는다. 어쩌다 이렇게 무심하고 뻔뻔한 남자를 좋아하게 되었을까. 헤이타가 무슨 부탁을 할 때마다 나는 내가 싫어진다.

"선물도 사올게. 사츠키의 비위를 잘 맞춰 둬야 우리도 오래

갈 수 있잖아. 난 미유키를 사랑한다고."

헤이타는 그렇게 말하고는 제멋대로 사태를 매듭짓고 나를 소파에 쓰러뜨렸다. 애당초 내가 거절하지 못할 것이라고, 어떤 귀찮은 일이든 적당히 안아 주고 키스해 주면서 달콤한 말을 속삭여 주면 받아들여 줄 것이라 여기고 있는 것이다. 그리고 안타깝지만 모든 일은 헤이타가 원하는 대로 이루어진다.

"난 당신 없으면 못 산다니까. 이런 일도 사랑하니까 부탁할 수 있는 거지. 진짜, 진짜 믿으니까."

헤이타는 또 적당히 말을 둘러대면서 내 옷을 벗기기 시작했다. 늘 똑같다. 섹스를 하다 보면 이야기의 초점이 흐려지고 나도 모르게 내가 허락한 셈이 되고 만다. 그런 줄 뻔히 알면서도 나는 그의 손길을 제지하지도 그의 부탁을 거절하지도 못한다.

"그래도 그렇지, 정말 한심한 부부야. 어떻게 아이를 내버려 두고 여행을 가."

"그렇지? 좀 심하지?"

헤이타는 내 목덜미에 키스하면서 말했다. 하지만 내 이야기 따위는 이미 듣고 있지 않다.

"어차피 맡기는 거, 베이비시터를 쓰면 되잖아."

"위험하지. 뉴스 못 봤어? 미국 같은 데서는 부모가 없는 동안 베이비시터가 아이를 못살게 군다잖아. 그런데 무서워서 어떻게 맡겨?"

"애인에게 아이를 맡기는 게 더 무모한 거 아냐? 아무것도 모르는 베이비시터가 차라리 안전하지."

"그런가?"

"그럼. 내가 사나를 괴롭히면 어쩌려고? 당신, 〈위험한 정사〉란 영화 몰라?"

"아, 그 영화, 어떤 회사 사장이 게으른 사원하고 둘이서 낚시하러 다니는 얘기지?"

나는 설명하기도 귀찮아서 그냥 눈을 감았다.

헤이타는 눈앞에 있는 것밖에 생각하지 않는다. 맡겨지는 아이의 마음이나 자기의 딸을 돌봐야 하는 내 마음까지 헤아릴 수 있는 능력은 조금도 없다. 눈앞에 벌어진 사건을 순서대로 정리하는 재주밖에 없다. 그리고 지금은 부인과의 여행이 눈앞에 있다. 지금 그에게는 그것이 전부다.

2

토요일, 유감스럽게도 놀러가기 딱 좋은 화창한 날씨였다.

10월은 날씨 좋은 날이 많다지만, 요즘 들어서는 휴일에 늘 비가 내렸다. 그런데 하필 오늘 이렇게 날씨가 맑다니, 헤이타는 정말 운이 좋다.

나는 아침을 간소하게 먹고 쌓인 빨래를 내다 널었다. 작년에 보너스로 마련한 건조기가 있지만 햇살에 말린 뽀송뽀송함과는 비교할 수 없다. 베란다에 나가니 막 7시가 지난 신선한 가을 하늘이 바라다보인다. 공기도 상쾌하고 시원하다.

지금쯤 헤이타는 여행 준비에 들떠 있겠지. 나는 유들유들 웃는 헤이타의 평소 모습을 떠올렸다. 남에게 딸을 맡기고 자기네끼리 여행을 가다니, 참 무책임한 부부다.

헤이타와 그의 아내인 사츠키는 학생 시절에 사귀기 시작해 대학을 졸업하자마자 결혼했다고 한다. 두 사람 다 결혼하기에는 너무 일렀음이 틀림없다. 그러니까 아이가 있는데도 못 다논 아쉬움을 여행으로 풀려는 것이다. 요즘의 젊은 부모들이란……. 나는 부글부글 끓어오르는 짜증을 떨쳐 내듯 빨래를 탁탁 털어서 널었다.

결국은 떠맡듯이 사나를 맡기로 했지만 괜찮을까. 나는 아이를 별로 좋아하지 않는 성미다. 친구들의 아이를 봐도 귀엽다는 생각이 별로 들지 않는다. 더구나 헤이타의 딸이다. 마음이 더욱 무겁다. 과연 하루를 평화롭게 지낼 수 있을까. 그런 생각을 하면서 빨래를 끝내고 다시 방으로 들어오니 벨이 울렸다.

"네."

대답을 했는데도 반응이 없다. 이런 시간에 올 사람이래야 택배 아저씨나 회람판을 돌리는 경비 아저씨겠지. 그런데 문을 열자, 문 앞에 서 있는 것은 여자 아이였다. 조그만 배낭을 멘 단발머리의 조그만 여자 아이가 아무 말 없이 서 있었다.

"혹시, 네가 사나니?"

내가 묻자, 아이는 고개를 살며시 끄덕였다.

"어머나, 혼자서 왔어?"

사방을 둘러보았지만, 헤이타의 모습은 어디에도 없었다.

"아파트 앞까지 아빠 차 타고 왔는데……."

여자 아이는 두리번거리며 조그만 목소리로 대답했다.

"그랬구나."

당연히 헤이타가 데리고 와서 고개를 숙이며 정중히 부탁할 줄 알았던 나는 그의 무책임한 태도에 어이가 없었다. 내가 싫은 표정을 짓는 것을 보고 싶지 않았던 것이다.

"아무튼, 들어와."

내가 말하자 사나는 조그만 목소리로 "실례합니다."라고 말하고 안으로 들어와서는 벗은 신발을 가지런히 모아 놓았다. 예의범절은 잘 가르친 모양이었다.

딸은 보통 아버지를 닮는다는데, 사나는 헤이타와 달리 반듯한 눈썹에 뾰족한 콧날이 의지가 강한 인상을 풍겼다. 엄마를 닮은 것이리라.

"이거, 아빠가."

사나는 손에 쥐고 있던 봉투를 내게 내밀었다.

"그래, 고마워."

슬쩍 봉투를 열어 보니 1만 엔짜리 다섯 장이 들어 있었다.

아이를 봐 주는 사례일 텐데, 아이를 하루 동안 맡는 데 5만 엔이 싼 것인지 비싼 것인지 알 수 없다. 하지만 나는 돈으로 끝낼 생각은 없었다. 돈으로 끝낼 성격이 아니다. 나는 봉투를 주머니에 집어넣고, 아직도 서 있는 사나를 소파에 앉으라고 권했다.

사나는 조그만 배낭을 내려놓고 소파에 달랑 올라앉고는 꼼짝도 하지 않았다. 입을 꾹 다물고 가만히 앞만 쳐다보고 있었다.

"아빠하고 엄마는 벌써 가셨니?"

사나는 고개를 까딱 숙였다.

"아직 8시밖에 안 됐는데, 일찍 가셨네."

사나는 방금 전처럼 또 고개를 움직인다.

"뭐 마실래? 아님 먹을 거 줄까?"

이번에는 고개를 옆으로 젓는다.

"텔레비전 켜 줄까?"

"아니오."

생각보다 애먹을 것 같았다. 나는 가볍게 한숨을 쉬었다.

"심심하지 않아?"

"아니오."

"뭐 하고 싶은 거 있어?"

"아니오."

사나는 꼼짝도 하지 않은 채 대답했다.

어린애들은 훨씬 더 부산스럽고 기운찬 줄 알았는데, 보통 이렇게 말이 없나. 처음 온 집이라 긴장한 것일까 아니면 아버지의 불륜 상대라는 것을 벌써 눈치 채고 이런 태도를 취하는 것일까.

"여기 오는데 아빠가 뭐라고 했어?"

내 질문에 사나는 고개를 갸우뚱거렸다.

"아, 우리 집에 올 때, 아빠가 무슨 말 안 했어?"

"회사 친구의 누나네 집이라고 했어요."

"어, 그랬구나."

사나가 그 말을 과연 얼마나 믿고 있을까. 알지도 못하는 낯선 사람 집에 와서 어떤 기분으로 있을까. 낯을 가리는 것도 당연하다. 하지만 지금처럼 있으면 내 집인데 오히려 나까지 거북해진다.

"그냥 편하게 있어도 돼."

그녀가 뭐라 말할 뜻이 없는 것 같아 나는 포기하고 다림질을 시작했다.

나는 평일에는 집안일을 절대 하지 않는다. 회사 일만으로도 피곤해서 더 이상 움직이고 싶지 않기 때문이다. 평일에는 시간 여유가 있어도 쇼핑하거나 마시러 가는 등, 하고 싶은 일을 하면서 시간을 보낸다. 맛난 것을 먹고 느긋하게 목욕하고 푹 잔다. 그 대신 주말에 몰아서 집안일을 한다. 두고두고 먹을 반찬을 만들고 청소를 하고 빨래를 한다. 옷도 일주일치를 한꺼번에 정리하기 때문에 다림질할 것이 많다.

손수건과 티셔츠를 꼼꼼히 다리고 있는데, 더는 침묵을 견디기 힘들었던지 사나가 입을 열었다.

"꽤 좋은 집에 사네요."

"응?"

"이 방, 멋있어요."

나는 원룸에 살지만 천장이 높고 햇빛이 잘 들어서 실제보다 넓게 보인다. 그리고 방을 오밀조밀하게 꾸미는 것은 내 취미생활이다. 그릇과 잡화도 세련된 것만 골라 사들였고, 식탁과 소파도 고급품이다. 커튼과 카펫도 전문점에서 제법 값비싼 것을 샀다. 혼자 사는지라 성능은 그리 좋지 않아도 상관없다. 그래서 전자제품도 다 귀엽다. 매일 보는 것이고 함께 사는 것이니까 예쁘고 멋져야 한다. 헤이타의 집은 생활감으로 넘치겠지만, 이렇지는 않을 것이다. 나는 약간 우쭐해졌다.

"어머, 고마워."

"아줌마, 직업이 뭐예요?"

"아줌마라니?"

사나의 물음에 나는 금방 되물었다.

"아줌마요."

사나는 내 쪽을 가리켰다.

"아니 잠깐. 나 아줌마 아니야."

자랑거리는 못 되지만, 지금까지 아줌마라는 소리는 한 번도 듣지 않았다. 물론 스스로 아줌마라고 생각해 본 적도 없다.

"그래요?"

사나가 이상하다는 듯 내 얼굴을 보았다.

"그래요라니? 보면 몰라? 그렇게 늙어 보여?"

"그럼, 몇 살이에요?"

"뭐?"

"아줌마 몇 살이냐고요?"

"스물일곱 살인데."

"스물일곱 살이면 아줌마 아닌가요?"

사나는 자기 말이 틀렸느냐는 표정이다. 여덟 살 난 사나에게 스물일곱 살 여자는 아줌마도 한참 아줌마일지 모르겠다.

하지만 나는 아줌마가 아니다.

"그럼 아니지. 아니, 나이는 아무 상관이 없어. 잘 봐. 머릿결도 이렇게 끝까지 찰랑찰랑하고 화장도 꼼꼼히 했잖아. 그리고 아무도 만나지 않는 토요일인데도 이렇게 옷도 예쁘게 챙겨 입었고. 이거 별거 아닌 것처럼 보여도 브랜드 제품이야. 이렇게 차림새에 신경을 쓴다는 건, 즉 아줌마가 아니란 뜻이야."

"흐음."

사나는 이해가 안 간다는 표정으로 적당히 대꾸했다. 하지만 정말 그렇다. 내 여동생은 나보다 네 살이나 젊은데 미용실에는 일 년에 두 번 갈까 말까 하고 화장도 안 한다. 옷도 할인 매장에서 사들이는 게 전부고 여성 잡지도 보지 않는다. 아무 거리낌 없이 늘 싸구려만 찾아 사 입는다. 합리성과 실용성을 제일로 친다. 나이에 관계없이, 자신에게 신경 쓰지 않는 여자가 아줌마다.

"아무튼 사나 엄마보다는 젊잖아, 안 그래?"

"네. 그건 그래요."

"그러니까 아줌마 아니야."

"흐음."

"아무튼 옳지 않은 말을 하면 안 돼. 내 이름은 미유키야. 이

사카와 미유키. 참고해서 적당히 부르고 싶은 대로 불러."

"알았어요."

사나는 순순히 고개를 끄덕이고는 다시 입을 꼭 다물고 앞을 쳐다보았다. 내 일에 관한 질문에도 이제 관심을 잃은 듯이 어디를 보는 것도 뭘 하는 것도 아니고 그냥 가만히 앉아 있다.

나는 집안일을 계속했다. 다림질을 끝내고 사실은 청소기를 돌리고 싶었는데 먼지가 날릴 것 같아 걸레로 닦아 냈다. 목욕탕도 구석구석 깨끗이 청소하고 손을 씻고 핸드크림을 발랐다. 그것으로 끝. 꼼꼼히 해도 집안일은 1시간 정도면 충분하다. 그동안 사나는 그저 얌전히 앉아 있었다. 이렇게 오래도록 꼼짝 않고 앉아 있을 수 있다니 그것은 재능이다. 헤이타의 부산스러움을 물려받지 않은 모양이다.

"사나, 뭐라도 해."

참다못한 내가 말을 걸었다. 마냥 꼼짝 않고 있으면 어쩐지 신경이 쓰인다. 그런데도 사나는 고개만 갸우뚱할 뿐 아무것도 하려 하지 않는다. 하긴 우리 집에는 아이들이 놀 수 있는 거리가 하나도 없다.

"어쩌나, 이럴 줄 알았으면 애들이 좋아하는 비디오테이프라도 빌려다 놓을 걸. 참, 그 배낭 안에는 뭐가 들어 있는데?"

내 말에 사나는 아무 대꾸도 하지 않은 채 배낭을 열어 안을 보여 주었다. 칫솔과 갈아입을 옷과 책이 들어 있었다. 나는 조금은 안심했다. 책이 있어 그나마 다행이었다.

"무겁게 가져왔는데, 책이라도 읽지 그러니?"

나는 배낭에서 책을 꺼냈다. 아주 두꺼운 책이었다. 바로 얼마 전에 샀는지 커버가 깨끗했다. 초등학생이 읽을 수나 있는 건가, 하는 생각이 들었다.

"이거, 아빠가 사 주신 거니?"

내가 묻자 사나는 고개를 가로저으며 대답했다.

"엄마가."

"꽤 어려워 보인다."

나는 책을 펼쳐보았다. 《해리포터와 불의 잔》이었다.

"와, 사나도 해리포터 좋아하나 보네."

사나가 고개를 옆으로 갸웃했다.

"아니야? 이 책 시리즈잖아? 다른 것도 다 읽었겠네?"

사나는 고개를 저었다.

《해리포터와 불의 잔》은 해리포터 시리즈의 제4탄이다. 내가 읽지는 않았지만 한동안 화제에 올랐기 때문에 그 정도는 알고 있다. 사나는 3탄까지 읽지도 않았는데 4탄부터 읽으려는 것일까. 4탄부터 불쑥 사 주다니 너무하다. 엄마는 책 내용은 알지도 못하면서 너도나도 읽는 책이라 사 준 것이리라. 두꺼우니까 시간 보내기에 좋을 것이라고 생각했는지도 모른다. 무책임한 부모가 할 법한 짓이다. 생각을 좀 하시죠! 남의 일이지만 슬며시 화가 치밀었다.

그런데 사나는 내가 책을 건네자 금방 읽기 시작했다. 독서가 아니라 학교에서 내준 숙제를 하듯 글자 하나하나를 확인하면서 읽고 있다. 애들이 보통 책을 저렇게 읽나. 나는 해리포터를 읽는 사나를 잠시 바라본 후에 부엌으로 갔다.

사흘 전 집에서 고구마를 보내 주었다. 엄마는 혼자 사는 내게 뭔가를 보냈다 하면 산더미처럼 보낸다. 호박과 오이와 가지. 밭에서 키운 것을 수확하자마자 신이 나서 보낸다. 고맙기는 하지만 혼자서 먹기에는 너무 양이 많아 나는 늘 속수무책이다.

아무튼 고구마를 한꺼번에 쪄 두기로 했다. 쪄 놓으면 언제든 쉽게 먹을 수 있다.

나는 이사할 때 집에서 가져온 압력솥을 꺼내서 물을 붓고 고구마를 넣고는 뚜껑을 꽉 닫았다. 전자레인지에 넣고 돌리며 쉽게 찔 수 있지만, 고구마는 압력솥에 찌는 편이 보슬보슬 맛이 좋다.

불을 켜자 압력솥이 쉭쉭 소리를 내기 시작했다. 증기가 돌기 시작하면 소리가 점점 커진다. 그 소리가 신기했던지 사나가 부엌으로 들어왔다.

사나는 눈을 동그랗게 뜨고 요란스럽게 증기를 뿜어내는 솥을 구경했다. 나도 어렸을 때는 압력솥을 사용하는 엄마를 구경하곤 했다. 압력솥은 가까이 있으면 귀를 막고 싶을 만큼 큰 소리가 난다. 증기 배출구가 빙글빙글 미친 듯이 돌기 시작한다. 이렇게 재미있는 조리 기구는 달리 없을 것이다.

"고구마를 찌고 있는 거야."

묻지도 않았는데 사나에게 설명했다.

"고구마?"

"응."

"안에서 발버둥치는 거예요?"

"응?"

"고구마가 밥솥 안에서 발버둥치는 거냐고요?"

"어? 그래 그러네, 뜨거우니까. 솥에 들어가기 전까지는 고구마도 싱싱하게 살아 있었으니까."

"불쌍하다."

솥을 바라보고 있는 사나의 시무룩한 모습을 보니 웃음이 나왔다.

"아니야. 고구마는 무사할 거야. 그냥 솥에서 증기가 나오기 때문에 이렇게 요란스러운 거야. 증기기관차 토마스하고 같은 원리지."

"그래요?"

사나는 여전히 시무룩한 표정으로 솥을 쳐다보고 있다.

"조금 있으면 다 쪄지니까 우리 같이 먹자. 아주 달고 맛있을 거야."

사나는 고개를 까딱 숙였다.

우리는 고구마가 다 쪄질 때까지 그렇게 솥을 바라보았다.

따끈따끈한 고구마를 꺼내서 사나와 함께 소파에 앉아 먹었다. 둘로 쫙 가르자 노릇노릇한 단면이 나왔다. 알은 작아도 잘 익은 고구마다. 버터를 바르고 소금을 뿌려 먹어도 맛있지만, 그냥 먹어도 충분히 달고 맛있다.

"솜씨가 좋아요."

입으로 후후 불어 간신히 한 입 베어 문 사나가 말했다.

"무슨 솜씨?"

"음식 솜씨. 굉장히 맛있어요."

사나는 정말 감탄스럽다는 듯이 말하고는 고구마를 다시 한 입 베어 물었다.

"솜씨랄 것도 없지. 요리한 게 아닌데. 고구마를 씻어서 그냥 솥에 넣었을 뿐인 걸."

"그래도 대단해요."

내 설명에 사나는 더욱 감탄하는 눈치였다.

"참, 아빠는 고구마를 싫어하는데 미유키 씨가 쪄 주면 먹을지도 모르겠어요."

"그럴까?"

"네. 이 고구마 정말 맛있으니까."

사나는 자신 있게 대답했다. 하지만 아쉽게도 이미 실험이 끝난 일이었다. 헤이타는 단호박이나 고구마 같은 단 채소를 좋아하지 않는다. 아니, 내가 지금까지 사귄 남자는 모두 그랬다. 채소가 달다니 과자 같아서 싫다고들 했다. 단 데다가 찌면 찔수록 헤이타의 입맛에는 맞지 않았다.

"미유키 씨는 이사벨라를 닮은 것 같아요."

고구마 두 개를 다 먹은 사나가 말했다.

"이사벨라?"

"천사 이름이에요. 하지만 겉보기에는 악마에요. 얼굴이 굉장히 무섭게 생겼거든요. 마지막에는 같은 편이 돼서 함께 싸우지만, 처음에는 나쁜 짓만 해요."

"어어, 그래? 겉보기는 악마라고?"

나는 비아냥거리듯 말했는데 사나는 천진하게 그렇다고 대답했다.

"그런데 궁지에 몰리면, 이사벨라가 맛있는 걸 잔뜩 마련해줘요."

"오호."

"그리고 적은 이사벨라가 만들어 주는 음식을 먹는 순간 착해지고요. 그래서 싸울 수가 없게 돼요."

"좀 치사한 방법이다."

"왜요? 얼마나 좋아요. 상대를 착하게 만들어서 이기는데. 이사벨라하고 싸우면 다들 행복해진다고요."

"그런 싸움이 성립될까. 아무튼, 남은 고구마는 내일 으깨서 샐러드로 만들자."

나는 식탁 위에 널린 껍질을 치우면서 말했다.

"내일?"

"응. 너 자고 갈 거잖아."

내가 그렇게 말하자 사나는 히죽 웃으면서 고개를 끄덕였다.

고구마를 먹고 나자 다시 할 일이 없어졌다. 나는 집안일을 다 끝냈고 사나는 이제 책 읽기가 싫은 모양이었다.

"아까 읽던 책, 이제 안 읽니?"

해리포터는 다시 배낭 안에 들어가 있다. 설마 그렇게 두꺼운 책을 벌써 다 읽은 것은 아닐 테지.

"너무 복잡해서 잘 모르겠어요. 외국 사람 이름도 많이 나오고."

"그러니? 그럼 책은 그만 읽자."

역시 읽으라고 던져 주는 책은 조금도 재미가 없다.

내가 고등학교 때 사귄 남자 친구는 책을 엄청나게 많이 읽는 아이였다. 쉬는 시간에도 교실에서 문고본을 읽으면서 시간을 보냈다. 당시 아직 어렸던 나는 쿨한 그를 무척이나 좋아했다. 교실에서 무슨 일이 시끌시끌 벌어지든 다른 남자 아이들이 무슨 소동을 피우든 상관하지 않고 평온하고 차분한 표정으로 책을 읽었다. 책을 많이 읽은 만큼 그의 이야기는 내용도 풍부하고 깊이도 있었다. 내가 모르는 것을 많이 알고 있었다. 나도 처음에는 그의 이야기를 정신없이 들었다. 그런데 들으면 들을수록 시시해졌다. 스스로 체험하지 않은 이야기는 실속이 없다. 그의 이야기는 그저 지식의 나열에 지나지 않았다. 고교 생활에는 책 이상의 많은 것이 있다. 책이 그려 내는 세계만큼 장대하지도 세련되지도 않지만 책보다 심각하고 유쾌하다. 그는 그런 것들과 마주할 능력이 없었는지도 모른다. 그렇다는 것을 알고 더 이상 그에게 관심을 보이지 않았다.

"책은 그만 읽고, 아, 우리 트럼프나 할까?"

"됐어요."

"오셀로 정도는 있는데."

"괜찮아요."

책은 그만 읽자고 했지만 그렇다고 달리 할 일이 있는 것도 아니었다. 헤이타는 아주 쉽게 스물네 시간이라고 말했지만, 아무것도 하지 않고 아이와 하루를 보낸다는 것은 쉬운 일이 아니다.

"그럼 우리 놀이 공원에 갈까?"

"아니오."

"그럼, 영화는 어때? 요즘 아마 〈명탐정 코난〉 하고 있을 텐데."

"싫어요."

"싫은 게 많구나. 아 참, 아빠하고 엄마는 어디 가셨니?"

"하우스텐보스."

사나는 그렇게 분명하게 대답했다.

"어디?"

"큐슈에 있어요. 하우스텐보스. 몰라요?"

모를 리가 없다. 하우스텐보스는 훤히 알고 있다. 여름휴가 때 함께 가자고 의논해 호텔까지 예약했다가 결국 가지 못한 곳이다. 하우스텐보스의 가이드북까지 갖고 있다.

내게 아이를 떠안기고 자기들은 하우스텐보스에 갔단 말이지. 나는 은근히 부아가 치밀었다.

"사나."

"네?"

사나는 얼굴을 들고 고개를 옆으로 살짝 기울였다. 눈썹 위까지 가지런히 내려오는 앞머리가 흔들렸다.

"우리, 나가서 호유하자."

"호유?"

"응. 신나게 부티 나게 노는 거야. 아빠하고 엄마만 재미나게 놀고 있는 거, 싫잖아."

"아빠에게 받은 돈으로요?"

사나는 봉투에 뭐가 들어 있는지 알고 있는 듯했다.

"그런 푼돈은 안 써. 짠!"

나는 책상 서랍에서 카드 한 장을 꺼냈다.

"뭔데요, 그게?"

"이거? 아빠의 신용카드."

"신용카드?"

"응. 이게 있으면 아빠의 은행 계좌에서 돈을 마음대로 꺼낼 수 있거든."

"왜 아빠 신용카드가 여기 있어요?"

"잠시 빌렸어."

얼마 전 헤이타가 왔을 때 지갑에서 슬쩍했다. 칠칠찮은 헤이타의 성격에 일주일쯤은 없어졌는지도 모를 것이다.

"그럼, 이거 훔친 거예요?"

사나가 목소리를 낮춰 물었다.

"설마, 아니야. 이건 어디까지나 보수야. 느닷없이 아이를 맡겨서 미안하다는 뜻으로, 그리고 너를 보는 중노동에 대한 사례라고. 그러니까 당연히 받아야 하는 돈이야."

"그래도 들키면 잡히잖아요."

"들킬 일도 없고 잡힐 일도 없어. 나중에 돌려줄 거니까."

물론 나는 질이 나쁜 사람이 아니다. 헤이타의 돈은 날 위해 쓰는 것이 아니다. 헤이타의 딸과 지내기 위해 쓰는 것이다. 그러니까 필요경비다. 거리낄 것이 없다.

“자, 나가자. 이런 방구석에 처박혀서 고구마나 꾸역꾸역 먹을 때가 아니지.”

나는 그렇게 말하고 얼른 나갈 준비를 했다. 호유를 하려면 멋도 부려야 한다.

“재밌네요.”

사나는 화장하는 내 모습을 거울 속으로 바라보고 있었다.

“그러니?”

“네, 재밌어요.”

사나는 마스카라를 발라 길어진 내 속눈썹을 흥미롭다는 듯 보고 있었다.

“엄마도 이런 거 하니?”

“엄마는 화장 잘 안 해요. 립스틱은 가끔 바르지만.”

“그래?”

가정에 들어앉으면 그렇게 될 수밖에 없는지도 모른다.

“머리가 예뻐요.”

마지막으로 머리를 틀어 올리자 사나는 눈을 반짝거렸다. 여자 아이라 역시 머리 스타일의 변화에 민감하다.

"사나도 머리 묶어 줄게."

"됐어요."

사나는 부끄러운 듯 고개를 저었다.

"괜찮아. 호유를 하려면 너도 귀엽게 하고 나가야지."

나는 사나의 손을 잡아 거울 앞에 앉혔다. 나는 옛날부터 손재주가 좋다. 머리 손질과 화장에는 자신이 있다.

사나의 머리를 빗긴다. 어깨까지 똑바로 내려오는 머리카락은 눈동자의 색처럼 깊은 검정이다.

"사나는 엄마를 많이 닮았나 보다."

"그런가요?"

"그럴 것 같아."

헤이타는 머리카락이나 눈동자에 갈색이 많이 돈다. 그리고 얼굴 윤곽도 이렇게 뚜렷하지 않다. 늘 흐리멍덩한 얼빠진 얼굴이다. 사나의 눈은 조그맣고 옆으로 째졌지만 눈동자의 색이 짙어서 존재감이 있다.

"가끔 이렇게 헤어스타일을 바꿔 주면 분위기가 달라져서 학교에서도 인기가 많아질 거야."

내가 그렇게 놀리는데도 사나는 바뀌는 자신의 헤어스타일에 넋이 빠져 대답도 건성이었다.

"자, 다 됐다."

"정말 대단하네요. 내가 변신한 것 같아요."

사나는 거울 속을 들여다보면서 말했다.

"그냥 묶어 올린 것뿐인데 뭐."

"미유키 씨는 고구마든 사나든 뭐든 쉽게 바꿔 버리네요."

사나는 만족스럽다는 듯이 미소를 지었다.

3

"비밀번호는 세 번을 잘못 누르면 안 되거든. 아빠는 단순한 사람이니까 자기 생일날로 했을 거야."

"아빠 생일도 알아요?"

"아, 응. 같은 회사에 다니는 사람끼리는 다들 알고 있어."

"와."

나는 은행의 자동인출기 앞에서 어쩔 줄 몰랐다. 지갑에서 카드를 꺼내기는 했는데 비밀번호까지 캐내지는 못했다.

카드를 집어넣고 번호를 누른다. 1028. 헤이타의 생일이 아니다. 삐삐 하는 소리를 내며 카드가 다시 나온다. 사나도 불안한 표정으로 지켜보고 있다.

"아이 참, 아니잖아. 아 그렇지, 사나 너 생일이 언제야?"

"3월 22일."

"좋았어. 이제 맞을 거야."

다시 한 번 카드를 넣고 번호를 누른다. 0322. 아니다.

"아니 왜! 보통은 사랑하는 아이 생일을 비밀번호로 하잖아!? 정말 도움이 안 돼요."

나는 기계에 대고 투덜거렸다.

"미유키 씨의 생일은 언젠데요"

사나가 물었다.

"뭐?"

"미유키 씨 생일로 해봐요."

사나의 천진난만한 말에 나는 가슴이 철렁 내려앉았다.

"그건 아니지."

"왜요?"

"아니니까 아니지. 할 수 없다, 엄마 생일 말해 봐."

"음, 엄마 생일은 크리스마스예요."

"뭐? 생일이 크리스마스야? 와 너네 엄마 굉장하다."

1224. 나는 또박또박 번호를 눌렀다. 유감스럽게도 기계는 정상적으로 반응했다. 왠지 배신당한 기분이 들었지만, 일단은 성공이다.

"와우!"

사나도 짝짝 하고 손뼉을 쳤다.

"우선은 두 사람 몫으로 20만 엔, 그리고 서비스료까지 포함해서 30만 엔. 이 정도로 할까."

내가 30만 엔을 인출하자 사나는 1만 엔짜리 다발을 보고는 "와." 하고 탄성을 질렀다. 나도 한꺼번에 이렇게 큰 돈을 인출한 적은 좀처럼 없다.

"미유키 씨, 억만장자 같아요."

"겨우 30만 엔인 걸. 그래도 정말 굉장하다. 한 달 치 월급이 넘잖아."

나는 비치된 봉투에 돈을 넣고 가방 속에 집어넣었다. 그리고 카드를 기계에서 뽑았다. 나도 모르게 웃음이 흘러나왔다.

"아, 그런데 사나 24일은 크리스마스이브잖아."

"네?"

"12월 24일은 크리스마스가 아니고, 크리스마스이브야. 진짜 크리스마스는 25일이고."

"그래요?"

"그래. 뭐 별 상관이야 없지만."

나는 사나와 마찬가지로 24일을 크리스마스라고 생각했던 것이 우스웠다.

"좋았어, 이제 어디로 갈까? 어디든 갈 수 있는데."

은행의 답답한 자동인출 코너에서 밖으로 나오자 나는 신나서 사나에게 물었다. 정오를 지난 하늘 꼭대기에서 태양이 번쩍거리고 있었다. 어디를 가든 기분 좋게 보낼 수 있을 것 같았다.

"평소에 가지 못하는 곳에 가고 싶어요."

"그게 어딘데? 돈은 충분히 있으니까."

"음. 아빠하고 엄마도 없고."

사나 역시 조금은 목소리가 들떠 있었다.

"부모는 없지만 돈은 있다. 야, 이거 자유의 극치다."

"우리 학교에 가요!"

"학교?"

"네, 학교. 책에도 자주 나오잖아요. 밤에 다 같이 학교에 몰래 숨어들어가는 거요. 그리고 수영장에서 놀고 담력 테스트도 하고. 내가 다니는 학교는 별 재미없으니까 다른 학교를 탐험해 보는 게 어때요?"

"그것도 좋겠네. 아무도 없는 음악실에서 피아노 소리가 흘러나오고, 과학 실험실에서 인체 모형이 움직이는 그런 거 말이지?"

아이들이 읽는 책이란 예나 지금이나 내용이 별로 달라지지 않은 모양이다. 나도 어렸을 때는 학교에 숨어들어가는 것을 꿈꿨었다.

"네, 맞아요. 우리 둘이서 몰래 숨어들어가요."

"세상 물정 모르는 철부지로구나. 이러니까 책만 읽어서는 안 된다니까. 뉴스도 보고 그래야지. 요즘 학교는 다 안전시스템을 갖추고 있다고. 세콤이 다 설치돼 있어 숨어들어가면 그 자리에서 체포야, 체포."

"재미없네요."

"그래. 아무 재미도 없지."

"그럼 동물원은요? 밤에 몰래 숨어들어가서 잠든 동물의 얼굴을 보는 거예요."

책의 영향인지 사나는 몰래 숨어드는 것을 좋아하는 것 같다.

"그것도 안 돼. 동물원이든 어디든 세콤 천지야."

"세콤이란 거, 되게 세네요."

"그래, 세상이 다 세콤 천하지. 그런데 돈도 많은 데 굳이 숨어들어갈 필요 없잖아. 영화도 보고, 백화점에 가서 사고 싶은 거 사고, 호텔 레스토랑에서 프랑스 요리를 먹고, 그러면 되지 않겠어?"

"아 참, 이제 생각났어요!"

사나는 내 제안을 무시하고 손뼉을 짝 쳤다.

"거기는 세콤 없니?"

기껏해야 놀이 공원이나 도서관에 숨어들어가자고 하겠지. 나는 빨리 백화점에 가서 쇼핑이나 하고 싶다고 생각하면서 물었다.

"네. 아마 그런 거 없을 거예요."

"어딘데?"

"할아버지 집."

사나가 대답했다.

"할아버지 집? 거기는 언제든 갈 수 있잖아."

뜻밖의 장소에 나는 흥이 죽어 인상을 찌푸렸다.

"한 번도 간 적이 없는 걸요 뭐."

"어머, 그러니?"

"네. 외할머니하고 외할아버지는 종종 만나는데, 친할아버지는 만난 적이 없어요."

"어머나. 왜?"

헤이타는 이 도시에서 나고 자랐으니까 친가가 그리 멀지는 않을 것이다.

"친할아버지가 우리 엄마 아빠의 결혼을 반대했대요."

"뭐어……."

생각지도 못한 일이었다. 헤이타는 유서 깊고 보수적인 가정에서 자란 사람도 아니다. 어머니는 일찍 돌아가셨지만 친가 바로 옆에 사는 형네 부부가 아버지를 보살피고 있을 것이다. 그러니 결혼에 걸림돌이 될 만한 요소는 없다.

"가요, 네?"

사나는 행선지를 결정하더니 어서 빨리 할아버지네 집에 가고 싶은지 내 손을 잡아당겼다.

"잠깐만."

뭐가 좋다고, 불륜 상대의 아이와 그 할아버지까지 만나야 한단 말인가. 아무리 그래도 그렇지, 달리 갈 곳도 많은데. 하지만 사나는 할아버지 집에 간다는 것에 기뻐 벌써부터 눈을 반짝이고 있다. 안 된다는 말은 차마 할 수 없다. 나는 한숨을 쉬었다.

"알겠어. 가는 건 좋은데. 그 전에 백화점부터. 처음 만나는 거라면서. 그러니까 옷도 잘 차려 입고 가야지. 그리고 선물도 사고. 응?"

"좋아요."

우리는 백화점에 가서 간단히 점심을 먹고 쇼핑을 시작했다. 이 정도의 대가를 받지 않고서야 할아버지 집까지 도저히 갈 수 없다.

"자, 마음대로 골라봐."

아동복 매장에서 사나에게 그렇게 말하자, 사나는 두 눈을 반짝이며 사방을 돌아다녔다.

"와, 귀엽다."

분홍색 원피스를 만져보면서 타성을 지른다. 역시 여자 아이다.

"마음에 드는 옷 있으면 얼마든지 사."

나는 어떤 옷을 골라야 좋을지 몰라 두리번거리는 사나에게 말했다. 물론 내 옷도 한껏 살 생각이다.

"정했어?"

"아니오."

사나는 사고 싶은 옷이 몇 가지나 되는지 쉽사리 정하지 못하고 있었다.

"전부 다 사면 되잖아."

"그래도……, 아니 됐어요. 필요 없어요."

"왜?"

"그냥, 웬지 아빠가 불쌍하잖아요."

"불쌍해?"

"네. 아빠는 열심히 일하는데 멋대로 돈 쓰면, 불쌍하잖아요."

"뭐 어때. 우리를 내버려 두고 여행 갔는데. 이 정도는 아빠도 용서해 줄 거야."

"그래도……."

사나는 고개를 숙였다.

"그래도라니, 아빠하고 엄마가 여행 가서 쓰는 돈에 비하면 이 정도는 아무것도 아니라니까. 이렇게 백화점까지 왔는데, 괜찮아. 사고 싶으면 사."

나는 얼른 내 옷을 사고 싶어 사나를 채근했다.

"그래도, 됐어요."

"참내, 왜? 아빠는 이런 거 신경 쓰는 사람 아니잖아? 분명 웃으면서 용서할 거라니까."

"그건 그렇지만……. 아빠는 늘 싱글싱글 웃고 있지만 사실은 매일 밤늦게까지 일하고, 아주 많이 피곤하고 지치고, 그리고 힘들고……."

사나는 고개를 숙인 채 말했다.

그렇다. 사나 말이 맞다. 헤이타는 그런 사람이다. 늘 유들거리고 믿음직스럽지 못하다. 하지만 남몰래 고생하는 사람이다. 후배가 한 실수도 불평 한 마디 안 하고 뒤집어쓴다. 성가시고 잡다한 일도 두 말 않고 해치운다. 이러니저러니 논리를 앞세우기보다 가볍게 농담이나 해가면서 누구보다 많은 일을 하고 있다. 나 역시 그런 모습에 끌렸었다.

"알았어. 그럼 아빠한테 받은 봉투에 있는 돈으로 사자. 그럼 됐지?"

내가 그렇게 말하자 사나는 이제야 안심이라는 듯 고개를 끄덕였다.

결국 사나는 조그만 가방을 하나 샀고 나는 전부터 갖고 싶었던 화장품 세트를 샀다. 호유를 하자고 가슴까지 콩닥거려가며 30만 엔을 인출했는데, 고작 1만 엔도 채 쓰지 못했다.

대신 고급스런 전통과자를 사들고 우리는 할아버지 집에 가기 위해 택시를 잡았다.

4

"그런데 사나, 할아버지 집이 어딘지는 아니?"

택시 운전사가 어디로 가느냐고 묻고서야 퍼뜩 깨달았다. 할아버지 집이란 것만 생각했지 그 할아버지가 어디에 사는지는 생각지도 못했던 것이다.

"네. 오모리 공원 바로 근처예요."

그런데 사나는 그렇게 분명히 대답했다.

"한 번도 안 만났다면서 어떻게 알아?"

운전사에게 오모리 공원으로 가자고 말하고는 사나에게 물었다.

"엄마하고 할아버지 집 앞까지는 몇 번 가본 적이 있거든요."

"그런데 못 만났어?"

사나는 힘없이 고개를 끄덕였다. 헤이타와는 정반대로 할아버지는 꽤나 까다로운 사람이란 말인가. 나는 조금씩 불안해졌다.

"그런데 사나네 할아버지, 이렇게 불쑥 찾아가면 놀라지 않을까? 사나는 손녀니까 몰라도, 나는 아무 관계도 없는 사람이잖아. 뭐라고 설명하지?"

"엄마라고 하면 되죠."

사나는 아무렇지도 않게 말했다.

"뭐?"

"미유키 씨가 우리 엄마라고 한다고요."

"어떻게 그러니? 그러다 들통 나지."

"괜찮아요. 할아버지하고 엄마는 한 번도 만난 적이 없어요."

일이 그렇게 간단할 리 없다. 만나지는 않았어도 아들의 아내가 어떤 사람인지는 틀림없이 알고 있을 것이다.

"그래도 금방 알아차리지. 그리고 나는 사나의 엄마치고는 너무 젊잖아."

"그렇지 않아요. 그리고 말이죠, 미유키 씨가 엄마인 척해서……."

"엄마인 척해서 뭐?"

사나에게 얼굴을 바짝 들이밀고 물었다.

"엄마인 척하고서, 할아버지한테 결혼 허락을 받아 내는 거예요."

"뭐어? 척해서 뭘 받아 내? 얘는 그런 건 엄마가 직접 가서 받아 내는 게 빠르지."

"엄마는 안 될 거예요. 아마……."

"왜? 왜 엄마는 안 되는데?"

사츠키는 과연 어떤 사람일까. 나는 이름밖에 모른다. 처녀 시절의 불량기가 아직도 남아 있어 한심한 꼴로 나다니는 사람? 아니면 살이 피둥피둥하게 쪘나? 아니면 피골이 상접하도록 마른 사람? 하지만 어떤 사람이든 성의를 가지고 설득하면 결혼을 허락해 주지 않을까 싶다.

"엄마는 귀가 안 들려요. 아마 그래서일 거예요."

사나가 중얼거리듯 말했다.

"뭐?"

"엄마가 어렸을 때 며칠 동안 고열이 계속됐는데, 그때 귀가 멀었대요."

"아아, 그랬구나."

나는 어떻게 반응하면 좋을지 몰라 그저 고개만 끄덕였다.

"그러니까 미유키 씨가 우리 엄마라고 하고, 귀가 다 나았다고 하는 거예요. 그럼 할아버지도 결혼을 허락해 줄 거예요."

"어떻게……. 그건 좀 힘들지."

아니, 안 되는 일이다. 사나 엄마의 귀가 그리 쉬 나을 리가 없는 데다 그런 거짓말이 할아버지에게 통할 리가 없다. 그리고 귀가 다 나은 척하다니, 사츠키 씨에게 실례되는 일이다.

"그래도, 그냥 이대로 내버려 두면 엄마가 불쌍하잖아요. 그러니까, 네 부탁해요."

사나는 애절한 눈빛으로 나를 보았다.

"불쌍하기는 하지만……."

"엄마는 할아버지의 허락을 받고 싶어한다고요. 내가 태어나기 전부터 지금까지 내내. 그런데도 어떻게 할 방법이 없다고요."

"너야 그렇게 쉽게 말하지만……."

그것은 헤이타와 사츠키 씨가 해결할 문제지 아무 관계도 아닌 제삼자인 내가 나설 일이 아니다.

"미유키 씨밖에 부탁할 사람이 없다고요."

사나가 내 손을 잡았다. 나는 가슴이 콱 메었다. 부녀가 나란히 부탁하는 솜씨가 대단하다. 나는 어쩌면 좋을지 모르는 채

창밖을 쳐다보다가 "알았어."라고 조그만 소리로 중얼거렸다.

오모리 공원 앞에서 택시를 내린 나는 사나의 뒤를 따라 규모는 작아도 중후함이 감도는 단독 주택 앞에 섰다.

"정말 미치겠네."

혼자 중얼거리는 나의 불안 따위는 아랑곳하지 않고 사나는 서슴없이 벨을 눌렀다. 주위를 무시한 채 자기 계획대로 척척 일을 진행한다. 얼굴은 안 닮았는데 성격은 헤이타를 쏙 빼닮았다.

벨을 누른 지 한참이 지나서야 할아버지인 듯한 사람이 나왔다. 휴일이라 그런지 폴로 셔츠에 면바지를 입은 편한 차림이다. 할아버지라고 해서 여든 전후의 노인을 상상했는데, 예순이 될까 말까 하게 보였다. 하기야 사나의 할아버지이니 이렇게 젊을 만도 하다. 하지만 일찍 아내를 앞세운 탓인지 표정은 깐깐하게 굳어 있었다.

"저, 안녕하세요."

내가 고개 숙여 인사를 하자, 할아버지는 의아한 표정을 지었다. 하지만 손녀는 알아보겠는지 과히 놀라는 눈치는 없었다.

"안녕하세요, 할아버지. 저 사나예요. 할아버지의 손녀 사나요."

사나는 우리 집에 왔을 때와는 전혀 다르게 생글거리며 말했다. 할아버지는 우리를 집 안으로 데리고 들어갔다.

집 안은 어두침침하고 조용했다. 창문이 작아 햇빛이 잘 들어오지 않았다. 할아버지 혼자 사는 탓인지 모든 것들이 작고 전체적으로 휑했다. 들어간 다다미방도 묵직하고 커다란 앉은뱅이 나무 탁자가 놓여 있을 뿐 무척이나 살풍경했다.

할아버지는 갑작스런 손녀의 방문에도 별로 당황하는 기색이 없이 방석을 내놓고는 우리에게 앉으라고 채근했다.

"이거, 선물이에요."

사나가 전통과자가 담긴 쇼핑백을 내밀었다. 할아버지는 낮은 목소리로 "고맙구나." 하고 말하고는 고개를 숙였다. 나이 탓인지 성격이 그런지 표정이 거의 없었다.

"저 그러니까 저는, 헤이타 씨의 아내……, 아니 친구예요."

이런 내 말에 사나의 입이 부루퉁해졌지만 도무지 거짓말할 분위기가 아니었다. 할아버지와 마주앉아 있는 탓에 더욱 안절부절 못했다.

"아, 이렇게 와 줘서 고맙습니다. 그런데 어떻게 두 사람이?"

할아버지의 목소리가 나직하게 울렸다. 할아버지는 그 나이

치고는 어깨도 우람하고 헤이타와는 대조적으로 위엄이 있는 인물이었다.

"아 그러니까, 아니 지금, 헤이타 씨와 부인은 여행 중이에요. 그래서 제가 사나를 돌보고 있는데, 그런데 사나가 할아버지를 만나뵙고 싶다고 해서, 이렇게 찾아오게 되었습니다."

나는 사실을 사실대로 이야기하는데도 긴장한 탓인지 목이 타 들어갔다. 그런데 사나는 또 생긋 웃으면서 이렇게 나를 소개했다.

"아빠 친구고요, 미유키 씨라고 해요."

"아, 그런가요."

한 차례 설명이 끝나자 다다미방에 다시 침묵이 찾아왔다. 벽이 두꺼운지 바깥에서 나는 소리는 전혀 들리지 않았다. 할아버지는 손녀를 처음 보는데도 별다른 흥분도 감동도 느껴지지 않는지, 먼저 말을 꺼내지 않았다.

"저, 아버님은 여기서 혼자 사시나요?"

"그래요."

"정말 훌륭한 집이네요."

"고맙소."

"일은 정년퇴직을 하셨겠네요?"

"그렇소이다."

"좋으시겠어요. 유유자적한 생활을 하시니."

"그렇소."

대화가 전혀 진전이 없다. 이래 가지고서야 우리 집에 막 들어왔을 때의 사나와 별다를 것이 없다. 공연스레 두서없이 말을 꺼내봐야 아무 소용없다. 나는 숨을 크게 내쉬고, 본론에 들어가기로 했다.

"저, 이런 말씀을 드리기 외람되지만, 아버님, 왜 반대하셨죠?"

"뭘 반대했다는 거요?"

내 당돌한 질문에 할아버지는 인상을 찡그렸다.

"헤이타 씨와 사츠키 씨의 결혼 말이에요. 아버님은 허락하지 않으셨다고 들었습니다."

"아, 그렇소만."

"그렇소만이라니요. 대체 이유가 뭐죠?"

할아버지는 얼굴을 찡그린 채 나를 보고 말했다.

"조금이라도 더 좋은 사람과 결혼하기를 원했지."

"네?"

"부모라면 자식이 조금이라도 더 나은 사람과 결혼하기를 원하는 게 당연하잖소."

"그렇다면 사츠키 씨가 좋은 사람이 아니란 뜻인가요?"

"안 들리는 것보다는 들리는 쪽이 좋지."

할아버지는 사나를 배려해서인지 목소리를 약간 낮췄다.

"그런 법은 대체 누가 정했답니까?"

"옛날부터 그리 정해져 있소."

사나는 나와 할아버지의 얼굴을 번갈아 쳐다보았다.

"아버님의 머릿속에 그렇게 정해져 있는 것이겠죠. 적어도 헤이타 씨의 생각은 달랐어요. 사츠키 씨에게 다른 매력이 많았기 때문에 결혼하기로 마음먹었겠죠. 두 사람은 서로를 사랑해서 결혼했어요. 그 뿐이에요. 아버님이 하라 마라 할 일이 아니죠."

"세상에 많고 많은 것이 여자요. 굳이 우리 헤이타가 귀먹은 여자와 결혼할 필요는 없지."

부모들이 흔히 내세우는 아주 간단한 논리다. 할아버지의 마음을 이해하지 못하는 것은 아니다. 하지만 그런 논리는 명백한 오류다.

"귀가 들리든 안 들리든 그건 아무 상관없는 일이죠. 결혼과는 전혀 관계없는 일이라고요. 사츠키 씨는 아주 좋은 사람이에요. 이제 인정해 주세요."

"사츠키가 좋은 사람인지, 당신이 어떻게 단정할 수 있소?"

"어떻게라니……."

옳은 말이다. 나는 사츠키 씨가 좋은 사람인지 나쁜 사람인지 모른다. 만난 적도 없고 사진조차 본 일이 없다. 어떻게 생겼는지, 어떤 사람인지 전혀 모른다. 귀가 들리지 않는다는 것도 방금 전에 택시를 타고 오면서 알았다.

"손녀가 태어났는데도, 인사 한 번 오지 않았어."

할아버지는 치밀어 오르는 부아를 눌러 참는 듯한 말투였다. 사나가 걱정스럽게 내 얼굴을 쳐다보았다.

"그건 아버님이 무섭기 때문이겠죠."

"뭐라?"

"사츠키 씨는 아버님께 며느리로 인정받기 위해서 몇 번이나 집 앞까지 왔습니다. 몇 번이나 이 집 앞까지 왔었다고요. 사나가 태어나기 전에는 물론 사나가 태어난 후에도 몇 번이나 말이죠. 하지만 들어갈 수 없었죠. 그녀 자신은 어쩔 수 없는, 별일도 아닌 걸 부정당했으니 아버님을 만나기가 겁났던 것이죠."

나는 대체 누구를 위해서, 또 뭘 위해서 이렇듯 열변을 토하고 있는 것일까. 이런다고 내게 득이 되는 것은 하나도 없다. 그런데도 내 자신을 주체할 수 없었다.

"귀가 들리지 않는다는 그까짓 것 때문에 결혼까지 반대하셨으니, 자신은 어떻게 할 수 없는 일인데 마치 무슨 잘못인 것처럼 말씀하셨으니, 어떻게 인사하러 오겠어요. 서로 사랑해서 결혼했는데 축하도 받지 못했으니 얼마나 서글펐겠어요."

"모든 게 다 내 탓이란 말인가?"

할아버지의 말투가 다소 강해졌다.

"그런 뜻으로 드리는 말씀이 아니에요. 다만 저는……."

"다만, 뭔가?"

"저는 다만, 알아주셨으면 해요. 사실을요."

"사실을?"

할아버지가 눈썹을 찌푸렸다.

"사츠키 씨는 정말 좋은 사람입니다. 그 증거를 보여 드리죠."

나는 그렇게 말하고 사나의 등을 쿡쿡 찔렀다. 사나는 무슨 뜻이냐는 듯 내 얼굴을 쳐다보고는, 내 의도를 알아차렸는지 자리에서 일어나 할아버지 앞으로 나갔다.

"음, 저는 미야시타 사나입니다. 나이는 여덟 살이고 지금 초등학교 3학년이에요. 저는 아빠와 엄마를 정말 사랑하고 할아버지도 사랑해요. 저는 할아버지가 늘 보고 싶었어요. 엄마를 며느리로 인정해 주셨으면 좋겠다고 생각합니다. 그래서 오늘 미유키 씨에게 부탁해서 이렇게 찾아온 것입니다. 사나는 할아버지를 만나서 정말 기뻐요. 하지만 할아버지가 화나 있어서 슬퍼요. 할아버지, 부탁합니다. 엄마와 아빠의 결혼을 인정해 주세요."

할아버지는 사나의 말에 다소 마음이 흔들렸는지 지그시 눈을 감았다.

"헤이타 씨는 거의 가정을 돌보지 않습니다. 아버님께 이런 말씀을 드리는 건 실례되는 일이지만, 밖으로만 맴돌고 있어요. 아마 바람도 피우고 있을 겁니다. 절대 좋은 남편이라고 할 수 없죠. 어리석고 믿음직스럽지 못한 아빠입니다. 그런데 사나는 이렇게 다부진 아이로 컸습니다. 어떻게 그럴 수 있었을까요?"

나는 사나가 우리 집에 온 후의 일을 죽 생각해 봤다. 가지런히 모아 놓은 신발. 바른 자세로 똑바로 앉아 있던 모습. 엄마가 그렇게 가르쳤기 때문이다.

"그건, 다름이 아니고 사츠키 씨가 좋은 사람이기 때문이에요.

엄마인 사츠키 씨가 반듯하게 가르치고 키웠기 때문이라고요."

할아버지는 아무 말이 없었다. 조용한 공간에 정확하게 시간을 새기는 벽시계 소리가 묵직하게 울렸다. 말이 지나쳤나 하고 걱정스러워진 나는 사나와 얼굴을 마주보았다.

할아버지는 계속 말이 없었다. 표정도 굳은 채 풀어질 줄을 몰랐다. 그저 시간만 무겁게 흘러갔다. 만사가 그렇게 쉬 변할 리 없다. 나보다 훨씬 오래 산 할아버지의 마음을 그리 쉽게 바꿀 수는 없을 것이다.

더 이상 어쩔 도리가 없는 나는 "이제 그만 가봐야겠어요."라고 말하고는 슬그머니 일어났다.

할아버지는 현관에서 나와 사나를 침묵으로 배웅했다. 그런데 마지막으로 한마디, 이렇게 말했다.

"또 오너라."

5

"책 말이죠."

"응?"

"엄마가 늘 읽으라고 해요."

침대 옆에 깐 이부자리에서 사나가 말했다.

"그렇구나."

"우리 엄마는 고생이 많았대요. 귀가 안 들리니까 학교도 특수학교에 다녔고. 거기에서는 국어가 아니라 발음하는 입 모양을 보고 말을 읽어 내는 연습만 시킨대요. 그래서 어른이 된 후에는 사소한 말의 의미를 몰라서 정말 힘들었대요. 특히 조사 같은 거요. 그래서 책을 많이 읽으라고 잔소리를 심하게 해요. 책을 열심히 읽으면 말을 잘 알 수 있다고. 나는 국어를 잘해서 아무 문제없는데도, 엄마는 늘 걱정해요."

아마도 사츠키 씨는 마음고생이 컸을 것이다. 그래서 더욱 신중했을 것이고.

"그랬구나."

우리는 조그만 알전구 빛에 뽀얗게 드러난 천장을 쳐다보면서 소곤소곤 이야기를 했다.

"왠지 피곤하네요. 호유를 해서 그런가."

호유의 의미를 잘 알지 못하는 사나가 그렇게 말하고 웃었다.

"호유라. 저녁때 먹은 생선초밥하고 백화점에서 쇼핑한 거나 겨우 호유라고 할 수 있겠지."

"그래도 할아버지를 만났잖아요."

"그래, 맞다."

"미유키 씨가 일을 많이 했어요."

"그래. 카드 훔치고, 고구마 찌고, 할아버지에게 열변을 늘어놓고. 이거 5만 엔 가지고 되겠니?"

내 말에 사나가 웃었다. 하지만 잠시 후에는 잠이 들었는지 색색거리는 숨소리가 들렸다.

깊은 가을 밤, 나도 사나의 숨소리에 이끌려 잠으로 빠져들었다.

다음날, 눈을 떴더니 벌써 점심때였다. 둘 다 정말 피곤했던 모양이다. 도중에 한 번도 깨지 않고 숙면했다.

“잘 잤니?”

몸을 일으키고 사나에게 말을 걸자, 단박에 사나가 “고구마!”라고 외쳤다.

“아침부터 의기충천해 있네.”

“어제 미유키 씨하고 약속했잖아요.”

“그래? 아, 그랬지.”

과연 어린이는 회복력이 좋다. 우리는 이를 닦고 세수를 하고는 당장 어제 찐 고구마를 데워서 열심히 으깼다.

“우와. 어제도 맛있었지만 오늘도 무지 맛있겠어요.”

으깬 고구마에 설탕과 버터와 바닐라 에센스를 넣자 사나가 또 탄성을 질렀다. 원래는 틀에 담아서 오븐에 구워야 하는데 귀찮아서 그냥 커다란 접시에 담아 숟가락으로 퍼먹기로 했다.

아침인지 점심인지 모르겠지만 아무튼 우리는 소파에 앉아 으깬 고구마를 먹었다.

“재미있어요. 고구마를 이렇게 먹어보기는 처음이에요.”

입맛에 딱 맞는지 사나는 어제보다 더 게걸스럽게 고구마를 먹어 댔다.

"그렇지."

나도 이렇게 많은 고구마 페스토를 먹기는 처음이다.

"역시 미유키 씨는 요리 솜씨가 대단해요."

"하기야 오늘은 요리한 셈이지."

"재미있고 맛있으니까 찡해요."

사나가 고구마가 묻어 있는 숟가락을 핥으면서 말했다.

"찡하다니?"

나는 무슨 뜻인지 알 수 없어 되물었다.

"이제 곧 가야 한다고 생각하면 또 찡하고."

"섭섭하다는 뜻이니?"

"미유키 씨하고 친구는 아니니까, 섭섭할 건 없지만……. 그래도 찡해요."

"아아, 가슴이 찡하다는 얘기로구나."

"이제 못 만나겠죠?"

"음, 그렇겠지. 아빠가 몇 시쯤 오실까?"

"3시에 아파트 앞으로 데리러 온다고 했어요."

"그래? 와, 벌써 시간이 다 됐네."

나는 벽에 걸린 시계를 올려다보았다. 시계 바늘이 2시 30분을 가리키고 있었다. 자고 일어나 겨우 고구마를 먹었을 뿐인데 시간이 벌써 이렇게 가 버렸다.

"미유키 씨네 집은 다 이상하네요, 시간이."

사나 역시 벽을 올려다보면서 말했다.

"뭐?"

"저 시계도 그렇고, 부엌에 있는 시계도 자명종 시계도 비디오 시계도 전부 조금씩 느리잖아요."

사나가 이쪽저쪽에 있는 시계를 가리키며 말했다.

"용케 알았네."

"그럼요, 10분이나 늦는 걸요."

"그래."

다른 사람은 다들 아는 그 10분을 헤이타는 도무지 알아차리지 못했다. 9시만 되면 헤이타는 늘 가야 한다고 허둥댄다. 헤이타와 함께 있는 시간을 조금이라도 늘리기 위해서 나는 온 집안의 시계를 10분씩 늦춰 놓았다. 겨우 10분, 하지만 내게는 소중한 10분이었다.

"왜 이렇게 해놨는데요?"

"왜냐고? 응 시계가 10분 늦게 가면 괜히 득을 본 듯한 기분이 들잖아. 10분만큼 더 지낼 수 있으니까."

"무슨 뜻이에요?"

사나는 정말 모르겠다는 듯이 고개를 갸웃거렸다.

"가령, 우리 집에 있는 시계들이 다 정확하게 가고 있다면 3시까지만 같이 있을 수 있는데 그렇지 않으니까 3시 10분까지 같이 있을 수 있는 셈이잖아."

"하지만 다른 데 있는 시계는 10분 더 빨리 가잖아요? 그러니까 별 의미 없을 거 같은데."

옳은 말이다. 아무 의미 없는 일이다. 하지만, 상관없다. 10분 더 함께 있을 수 있다는 생각만으로도 나는 기뻤다.

"상관없어. 이 집에 있는 사람하고만 통하면 되니까."

"그럼 3시 10분까지 여기 있을 수 있는 거네요."

"그래. 득 봤지?"

"네. 그래요."

사나도 기쁜 듯이 웃었다.

10분쯤 헤이타를 아파트 앞에서 기다리게 하면 어떠랴. 우리는 알면서도 10분이란 여분의 시간을 즐겼다. 그 시간이 아주 호사스럽게 느껴졌다.

2시 50분에서 3시까지 우리는 그저 시계를 보고 키득키득 웃으면서 시간을 보냈다.

"참. 이거 언젠가 기회를 봐서 사나가 엄마에게 선물하는 걸로 해줄래?"

나는 돌아갈 준비를 하는 사나에게 립스틱을 건넸다. 어제 백화점에 갔을 때 사나의 피부색에 맞춰 산 것이었다. 다부진 얼굴을 부드럽게 풀어 주는 오렌지색 립스틱.

"왜요?"

"왜는."

"왜 엄마한테 선물하는데요?"

"내가 이사벨라 같다면서?"

"이사벨라?"

"그래. 적을 착하게 만든다는 이사벨라."

"그럼 우리 엄마가 적이에요?"

"아니, 그런 뜻이 아니고. 아무튼 많은 사람들의 마음을 부드럽고 착하게 하고 싶어서."

나는 사나에게 종이봉투를 내밀었다.

"알았어요. 그럼 무슨 축하할 날이나 기념일에 줄게요."

사나는 그렇게 말하고는 순순히 립스틱을 받아 배낭에 집어넣었다.

"이제 그만 가야겠다."

엉터리 시계가 3시 5분을 가리키고 있다. 나는 사나를 현관으로 데리고 갔다.

"고마웠어요."

신발을 신은 사나가 나를 돌아보면서 고개를 까딱 숙였다.

"천만에 말씀."

나도 똑같이 고개를 숙였다.

"좀더 늦춰 놓았으면 좋았을 텐데."

마지막으로 사나는 그렇게 중얼거렸다.

"응?"

"시계 말이에요. 더 많이 늦춰 놨으면, 미유키 씨하고 호유할 수 있었을 텐데."

"그러네. 그럼 다음에는 1시간 정도 늦춰 놓을 테니까 외국에라도 가서 호유할까?"

내가 그렇게 말하자, 사나는 기쁜 듯이 손을 흔들었다.

잡동사니 효과

1

"나, 뭐 주워왔다."

현관까지 마중을 나온 하나코가 나를 보자마자 말했다.

"주워왔다니, 뭘?"

나는 양복 윗도리와 양말을 벗으며 거실로 걸어갔다. 사회인이 된 지 3년이 되었는데도 양복 차림에는 도통 적응이 되지 않는다. 집으로 돌아오면 먼저 입고 있는 옷을 전부 벗어던지고 싶다.

"아니, 주워온 것하고는 좀 달라. 그러니까, 데리고 왔다고 해야 되나……. 당신, 그 양말 세탁기에 바로 집어넣어."

한숨 돌리고 한꺼번에 정리하려고 하는데 하나코는 늘 잔소리다. 집에 들어서자마자 연신 잔소리를 들으면 김이 팍 샌다.

"알았어. 그런데 그 주워왔다는 게 뭐야?"

"글쎄, 뭐라고 해야 할지……."

하나코는 생각에 잠기듯 집게손가락을 미간에 갖다 댔다. 무슨 곤란한 일이 생겼을 때면 나오는 하나코의 버릇이다.

"그래 봐야 또 엉뚱한 잡동사니나 끌어들였겠지. 이제 그만 좀 하라고."

나는 세탁기에 양말을 던져 넣고, 거실의 커튼레일에 널려 있는 트레이닝복을 입었다. 겨울이 되면서 빨래는 거의 집 안에다 넌다. 올겨울은 따뜻하다고 하는데도 해가 제대로 뜨는 날은 별로 없다. 추위는 그나마 견딜 수 있지만 집 안에 늘 빨래가 널려 있는 풍경은 그리 달갑지 않다.

"당신, 무슨 말이 그래? 내가 언제 잡동사니를 끌어들였다고."

"알겠어요, 알겠어. 그건 이제 됐고, 아무튼 더 이상은 물건 좀 늘리지 마. 집이 그렇게 넓은 것도 아니잖아."

하나코와 같이 산 지 1년이 지났다. 사귈 때는 몰랐는데 함께 살면서 하나코가 좀 별나다는 것을 알았다.

호기심이 왕성하다고 해야 할지 변덕스럽다고 해야 할지, 아무튼 온갖 것에 손을 댄다. 그렇다고 뭐 별 상관이야 없지만,

골치 아픈 것은 그 물건들을 집 안으로 끌어들인다는 것이다. 있는 돈을 탈탈 털어 정체를 알 수 없는 민속 공예품을 사들이지 않나 투구벌레를 잡아와 키우지 않나 치지도 않을 북을 얻어오지를 않나……. 하나코와 함께 살기 시작하면서 집 안은 잡동사니로 온통 어수선해지고 말았다.

이번에는 또 뭘까. 집 안을 둘러본다. 딱히 뭔가가 있는 것 같지는 않다. 데리고 왔다는 것이 강아지나 고양이일까.

"집이 좁아질 일은 없어. 이번에는 가동식이니까."

"가동식?"

"응. 전후좌우, 자유자재로 움직여. 나도 그런 것쯤은 생각하고 있다고."

"아이고 그러세요. 알았으니까 빨리 보여줘. 나, 배도 고프다고."

나는 약간 짜증을 내면서 소파에 털썩 앉았다.

"아 참, 오늘 생선초밥 주문했는데. 빨리 당신 허락받고 맛있게 먹어야지."

"뭐? 웬일로 생선초밥이야?"

오늘은 12월 26일이다. 케이크 먹는 것밖에 한 일이 없지만 크리스마스도 지났고, 설날은 아직 멀었다. 딱히 축하할 일이 없다. 하나코는 덜렁거리는 성격이라 기념일 같은 것은 기억하지도 못한다. 사귀기 시작한 날이든 함께 살기 시작한 날이든, 희미하게나마 기억하고 있는 것은 나다. 그래서 우리 식탁이 맛난 음식으로 풍성해지는 날은 좀처럼 없다.

"그렇게 짜증낼 거 없어. 이제 곧 생선초밥 주문하길 잘했다고 당신도 생각하게 될 테니까."

"그러세요. 그러니까 그 주워왔다는 거 빨리 보이라니까."

"알았어. 아 그 전에, 이번 습득물을 보고 절대 화내지 않는다, 놀라지 않는다, 웃지 않는다고 약속해."

여자들은 툭하면 이런 약속을 하라고 한다.

'웃지 않는다고 약속할 거지?'

'절대 화내지 않는다고 약속하면 말할게.'

내용을 모르는데 어떻게 약속할 수 있다는 말인지. 그런데도 왜 아무 의미 없는 사전 조치를 취하려 드는지…….

"봐야지 알지, 보지도 않고 어떻게 알아?"

나는 질렸다는 듯이 말했다.

"그럼 안 돼. 놀라는 건 몰라도 화는 내지 않겠다고 약속해."

하나코는 내 눈을 빤히 쳐다보았다. 정말 성가시다.

"알았어. 최대한 노력할게."

"노력만으로는 부족해. 반드시 실천해. 만약 당신이 화내면 회사에 전화 걸어서 전철에서 당신네 회사의 히구치 쇼타로란 사람에게 성추행을 당했다고 할 테니까."

"뭐? 그거 또 무슨 협박이야?"

"아니. 그냥 화만 안 내면 되니까 간단하잖아. 안 그래?"

하나코는 내 팔을 툭 쳤다.

이렇게 몇 번이나 다짐하는 것을 보면 강아지나 고양이 같은 평범한 것이 아니란 말인가. 생쥐나 토끼? 아니지, 하나코가 하는 짓이니 원숭이나 당나귀를 주워왔을 가능성도 충분하다.

"그럼, 드디어 보여 드리겠습니다."

하나코는 그렇게 말하면서 다다미방의 문을 열었다. 우리가 침실로 사용하는 두 평 남짓한 조그만 방이다.

"쇼타로도 찬성이래요. 어서 나오세요."

하나코의 부름에 방 안에서 나온 것은 강아지나 고양이도 아니고 물론 원숭이나 당나귀도 아니었다. 안에서 천천히 걸어나온 것은, 사람이었다. 신기할 것도 요상할 것도 없는 아주 평범한 아저씨였다.

"안녕하십니까. 밤늦게 폐를 끼쳐 죄송합니다."

아저씨는 살짝 고개를 숙였다.

그러고 보니 내가 잠옷 대신으로 입는 회색 트레이닝복을 입고 있다.

"누, 누구야?"

얼떨결에 나는 소리를 지르고 말았다. 낯선 아저씨의 느닷없는 등장에 놀란 것이다.

"누구는, 사사키 씨지."

하나코가 아주 당연한 일이라는 듯 그렇게 말했다.

"사사키라고 합니다."

아저씨도 그렇게 말하면서 고개를 숙였다.

"아니, 사사키 씨라는 건 알겠는데, 대체 이 사람 뭐냐고? 당신 친척이야? 뭐야?"

"설마……. 사사키 씨는 친척도 아니고, 아버지도 아니야."

"그럼, 누구야? 친구? 은사? 회사 사람?"

허둥대는 내게 하나코가 얼굴을 찡그리며 말했다.

"당신, 내가 아까 한 말 못 들었어?"

"들었지."

"그러니까 주워왔다고 하잖아."

"주워왔다고!? 주워왔다니? 이 아저씨를?"

나는 또 아까처럼 기성을 지르고 말았다.

"응. 그렇죠, 사사키 씨?"

하나코의 말에 아저씨는 "네, 맞는 말씀입니다."라며 고개를 끄덕였다.

"아니, 가만있어 봐. 나는 무슨 소린지 전혀 모르겠는데."

"그러니까, 내가, 사사키 씨를, 주워왔다고!"

하나코는 이해시키기 위해인지 말을 끊어가며 천천히 말했다.

하나코는 종종 무슨 소린지 알 수 없는 말을 한다. 하지만 이렇게 정상적인 아저씨를 주워왔다는 것인지 도무지 이해가 안 간다.

"아, 쇼타로 당신. 정말 이해력 꽝이다."

"아니, 이런 상황을 이해하는 사람이 더 이상한 거지. 대체 뭐냐고, 혹시 지금 나를 놀리는 거야?"

"설마……. 사사키 씨를 초대하면서까지 당신을 놀릴 일은 없잖아."

"그럼, 뭐야 이게?"

"그렇게 화내지 마. 성추행 협의로 회사에서 잘릴라. 요즘 세상에 회사에서 잘리면 일자리 다시 구하기도 힘들다고. 그렇죠, 사사키 씨?"

"네, 옳은 말씀입니다."

사사키 씨는 또 고개를 숙였다.

"내가 사사키 씨를 주워왔어. 그리고 이제 셋이서 생선초밥을 먹을 거야. 단순 명쾌하잖아? 그런데 뭘 몰라?"

"전부, 전부 다 모르겠어. 당신이 하는 말이 무슨 말인지 전혀 모르겠다고. 어떻게 이렇게 멀쩡한 어른을 당신이 멋대로 데려올 수 있느냔 말이야. 아, 저, 사사키 씨, 정말입니까?"

나는 아저씨 쪽으로 고개를 돌렸다.

사사키 씨는 쉰 살쯤 됐을까. 머리는 약간 벗겨졌지만 가는 은테 안경을 낀 탓인지 두뇌가 명석해 보인다. 게다가 자세도 바르고 트레이닝복을 입고 있는데도 기품이 느껴진다. 오히려 하나코보다 아저씨가 정상으로 보였다.

"네, 하나코 씨의 말씀은 모두 사실입니다. 갑작스런 일에 당혹스러우신 듯한데, 죄송하게 됐습니다."

사사키 씨는 온화하게 말했다.

사사키 씨의 목소리는 묵직하고 발음도 아주 좋았다. 그 때문인지 말에 설득력이 있었다. 나는 도무지 영문을 알 수 없는 일이 벌어졌는데도 자신도 모르게 '그러십니까.' 하고 말할 뻔했다.

"이것으로 결정! 자, 이제 생선초밥 먹어요, 당신이 좋아하는 하나야키 초밥집에 주문한 거야. 그리고 당신 몫은 와사비도 덜어 냈어."

하나코는 또 자기 멋대로 이야기를 매듭짓고는 부엌으로 가려 했다.

"잠깐. 나 정말 모르겠어. 당신들이 하는 소리가 무슨 소린지. 이런 상황에서는 초밥도 목으로 넘어가지 않을 것 같아."

알지도 못하는 아저씨가 집에 있다. 하나코는 주워왔다고 한다. 아저씨는 옳은 말이라며 고개를 끄덕인다. 그리고 태평하게 생선초밥을 먹자고 한다. 나는 이런 괴상망측한 상황에 거의 울음이 터져 나올 것만 같았다.

"말이지, 내 이해력이 꽝이라는 건 알겠으니까, 사사키 씨를 어떻게 데리고 왔는지 좀더 알기 쉽게 설명해 줄래?"

어쩔 줄 몰라 하는 내 모습에 하나코는 사사키 씨 쪽을 보고는 어깨를 으쓱했다.

"할 수 없지 뭐. 배도 고프니까, 간단히 설명할게. 내가 일하는 가게 있잖아. 그 앞에 공원 있지? 사사키 씨가 거기 있었어. 이 추운 날씨에, 혼자서. 그래서 데리고 왔어."

"뭐?"

물론 하나코가 일하는 인테리어 소품 가게 앞에는 비교적 큰 공원이 있다. 하지만 공원이다. 공공의 놀이터다. 따라서 사람이 많다. 추운 날, 공원에 혼자 있었다고 해서 다 큰 어른을 데리고 오다니 제정신이 아니다.

"당신, 혹시 유괴한 거 아냐?"

"유괴는 무슨 유괴. 돈이 목적이 아닌데. 사사키 씨에게 쿠키도 줬고. 왜 있잖아, 옆집 아줌마가 선물로 준 그 비싼 쿠키, 그리고 생선초밥도 주문했어. 오히려 손해잖아. 그럼 유괴가 성립하지 않지."

하나코가 곧이곧대로 말하자, 사사키 씨는 면목 없다는 표정을 지었다.

"아, 정말 알다가도 모르겠다."

나는 머리카락을 쥐어뜯었다. 머릿속이 어질어질했다.

"나참, 하기야 옛날부터 국어 실력이 없었으니……. 그렇지! 이런 설명은 사사키 씨의 주특기 아닌가. 부탁합니다!"

더 이상은 귀찮은지 하나코가 사사키 씨에게 바통을 넘겼다.

"그럼, 제가 설명을 드려도 괜찮겠습니까?"

사사키 씨는 그렇게 말하고는 내게로 한 걸음 다가섰다.

"아, 물론이죠. 부탁드립니다."

나는 꾸벅 고개를 숙였다.

이 아저씨는 내 집에 함부로 들어와 내 트레이닝복까지 입고도 태연한 표정인데 그 정중한 태도에 오히려 내가 긴장하고 있다.

"그럼, 전후 상황을 설명 드리겠습니다. 아까도 말씀드렸지만 저는 사사키 헤이하치로라고 합니다. 대학에서 언어학 연구를 하면서 학생들을 가르쳐 생활을 꾸려 왔습니다. 그런데 불경기의 영향이 컸던 게지요. 올 여름 방학이 끝나면서 대학으로부터 해고 언도를 받았습니다. 조그만 사립대학이라 논문도 제대로 발표하지 않는 무능한 인재를 그냥 내버려 둘 여유는 없을 테니 당연한 일이라 생각합니다."

"네에……."

"엎친 데 덮친 격으로, 해고를 당한 무렵에 오랜 세월을 함께 한 아내가 이혼 선언을 했습니다. 결혼한 지 26년, 저는 거의 가정을 돌보지 않았습니다. 아내를 위해 딱히 무언가를 한 기억도 없습니다. 아내는 활동적인 성격인데다 자식이 없는 탓에 시간이 남아도니 불만이 많이 쌓였겠지요. 그러니 그 일 또한 당연하다고 할 수 있습니다."

사사키 씨의 이야기는 마치 논문을 읽어 내리는 듯, 알 것 같기도 하고 모를 것 같기도 해 종잡을 수가 없었다. 사사키 씨가 별로 운이 없는 사람이라는 것은 알겠는데, 왜 우리 집에 있는지에 대해서는 결국 이해할 수 없었다.

"저 말이죠, 요점만 말씀해 주시면 좋겠는데요."

나는 조심스레 말했다. 이 아저씨의 페이스대로 가면 몇 시간이 걸려도 이야기가 끝날 것 같지 않았다.

"아 이거, 죄송합니다. 그만 서두가 길어졌군요. 이래서 학생들에게도 인기가 없었던 모양입니다. 한 가지 이야기를 하면서 곁가지로 흘러서."

"저, 그러니까 사사키 씨가 대학을 그만두게 됐다는 건 알겠습니다. 제가 알고 싶은 것은, 왜 교수까지 하신 대단한 분이 우리 집에 있냐는 겁니다."

"아, 그렇죠. 음, 아, 이혼 말입니다. 나도 당연한 일이라 여겼기 때문에 금방 승낙했습니다. 그리고 이혼 서류를 작성하면서 뭐라 뭐라 복잡한 얘기를 하는데 그저 고개만 끄덕이고 있었더니, 집이며 재산이며 전부 아내 것이 되어 버렸어요. 뭐 내 잘못이 크니 어쩔 수 없는 일이었죠. 하지만 일자리도 잃고 집도 잃은 나는 길거리에 나앉게 됐습니다. 그래서 우선은 공원에 임시 거처를 마련할까 하고……."

"그럼, 사사키 씨는 홈리스인가요?"

"홈리스. 그렇군요. 미국 말로는 그렇게 표현하는가 보군요."

"그렇죠. 그러니까, 즉 사사키 씨는 집이 없다는 말이로군요."

"네. 그렇습니다."

사사키 씨는 고개를 까딱거렸지만, 눈앞에 있는 아저씨에게 그런 분위기는 전혀 찾아볼 수 없었다. 이런 사람이 과연 공원 같은 곳에서 목숨을 부지할 수 있을까.

"야, 대단하군요."

"아니, 뭐 그리 대단할 것은 없습니다. 나도 처음에는 많이 당황했지만, 공원에서 사는 것도 꽤 괜찮아요. 물도 쓸 수 있고 화장실도 있습니다. 종이 박스와 비닐 시트가 있으면 보온도 되고요. 그 공원에는 앞서 둥지를 튼 사람이 몇 명 있는데, 그 사람들이 생활 요령을 꼼꼼히 가르쳐 줬습니다. 그래서 그럭저럭 잘 살고 있죠."

"호오……."

텔레비전에서 노숙자의 생활상을 그린 특집 프로그램을 본 일이 있는데, 모두들 정말 이런저런 연구를 해가며 나름대로 잘 살아가고 있었다. 게다가 오래도록 한 가지 일에만 종사한 전문가, 막 해고당한 전직 회사원, 일하는 것 자체가 어리석게 느껴졌다는 전직 변호사 등 다양한 사람이 있었다. 하지만 어느 모로 봐도 이 아저씨가 그런 생활을 하고 있다는 실감은 들지 않았다.

"그런데 공원 근처에 직장이 있는 하나코 씨가 점심시간 때 종종 공원에 들리곤 했습니다. 그때 몇 번 얘기를 나누다가 의기투합하고 말았죠."

"알만 하군요. 그래서 데리고 왔다는 건가?"

나는 하나코에게 물었다.

설명은 사사키 씨에게 맡긴 채 하나코는 식탁에 찻잔과 젓가락을 놓고 있었다.

"그래 맞아. 춥기도 하고. 그것도 그렇지만 전혀 아닌 걸, 뭐. 사사키 씨가 말은 저렇게 하지만 아예 적응을 못하고 있다니까, 공원 생활에. 한두 달 살펴봤는데 안 되겠더라고. 그래서 겨울만이라도 같이 지내자 싶어서, 억지로 데리고 온 거야."

하나코는 부엌에서 국그릇을 옮기면서 말했다.

"하지만, 사사키 씨, 집으로 돌아갈 수는 없나요?"

"집은 헤어진 아내가 벌써 아로마숍인가 뭔가 하는 가게로 개조해서 도저히 돌아갈 수 있는 상황이 아닙니다."

남의 집에 떡 버티고 선 사사키 씨가 맥없이 말했다.

"그럼, 부모님 댁은요?"

"부모님에게 이런 꼴을 어떻게 보이겠습니까."

"예에……."

알지도 못하는 노숙자 아저씨가 염치도 없이 내 집에 들어와 있다. 당장 내쫓으면 그만이다. 그런데 사사키 씨는 돌아가 달라고 함부로 말하기 어려운 인자하고 기품 있는 분위기를 지니고 있었다.

"자, 먹자고요. 오늘은 특별히 고급으로 주문했으니까."

하나코는 그렇게 말하고는 우뚝 서 있는 나와 사사키 씨에게 자리에 앉으라고 재촉했다.

하나코는 평소와 다르게 내 옆자리에 앉고, 사사키 씨는 나와 마주하고 앉았다.

"이거 정말 죄송합니다."

사사키 씨는 그렇게 말하고서도 잘 먹겠다며 고개를 꾸벅 숙였다. 나도 따라서 잘 먹겠습니다, 라고 말했다.

"여러 가지로 복잡하기는 하지만, 타인에 대해 시간을 두고 알아가는 것도 재미있잖아. 봐, 나하고 사귄 지도 벌써 3년이고, 동거를 시작한 지도 1년 반이 되잖아. 권태기가 온 것 같다면서 전에 당신도 강아지나 키울까 하고 말했잖아?"

하나코가 그렇게 말했다.

강아지와 아저씨는 차원이 다르다. 강아지와 동일시하는 것은 사사키 씨에게 실례되는 일이다. 나는 바로 눈앞에 있는 사사키 씨를 느끼면서, 뭐라 대답하면 좋을지 몰라 그저 애매하게 고개만 끄덕거렸다.

사사키 씨는 온화한 눈길로 나와 하나코를 바라보면서 생선초밥을 먹고 있다. 그는 아주 노련하게 음식을 먹는다. 속도하며 손놀림하며 정말 아름답다. 하나코의 말대로 노숙자로 악착같이 살아가는 에너지나 세상을 버린 비관적인 분위기는 전혀 느껴지지 않았다. 그저 평범하고 신사적인 아저씨다.

"쇼타로 씨는 와사비를 싫어합니까?"

"네?"

"쇼타로 씨의 생선초밥에는 와사비가 들어 있지 않은 것 같아서요."

"아, 예. 그렇습니다."

사사키 씨가 불쑥 말을 걸었는데 나는 왠지 기가 죽어 대답했다. '쇼타로 씨'란 호칭도 듣기 거북했다.

"그래요. 어린애 같죠? 쇼타로는 와사비도 고춧가루도 마요네즈도 못 먹어요. 어디 그 뿐인 줄 알아요, 파에 부추에 시금

치도 못 먹는다니까요. 정말 편식이 너무 심해서 아침저녁으로 무슨 반찬을 해야 하나 고민하는 것도 일이라고요."

하나코는 대단한 일이라도 되는 양 한탄했지만, 저녁은 일찍 들어오는 쪽이 준비한다. 그러니까 식사를 준비하는 횟수는 반반이다. 게다가 하나코는 사온 반찬이나 인스턴트식품을 적당히 활용해서 대충 준비하는 일이 많다. 내가 오히려 정성을 들여 저녁을 준비한다.

"사사키 씨도 편식하시나요?"

나는 하나코를 무시하고 사사키 씨에게 질문했다.

"지금은 뭐든 먹습니다."

"거봐요. 당신, 본받아야 해요."

"그건 아니죠. 전에는 저 역시 편식했습니다. 특히 빵을 싫어했어요. 식사를 과자 같은 것으로 때우는 사람도 신기했고, 빵 속에 단팥이나 초콜릿 크림이 들어 있는 것도 영……."

"그럼 지금은 아닌가요?"

"네. 공원에서 생활하면서부터 빵을 먹을 기회가 많아졌으니까요. 먹어보니 맛이 있더군요. 늘 배가 고픈 탓도 있겠지만, 정말 맛있습디다."

사사키 씨는 빵 맛을 떠올리는지 황홀한 표정으로 말했다.

"당신도 공원에서 살면 편식하는 버릇이 없어지지 않을까?"

편식하지 않는 하나코가 말했다. 하나코는 공원 생활을 하지는 않지만 무엇이든 먹는다. 눈물이 쏙 빠지도록 매운 태국 요리, 징그러운 메뚜기 볶음 같은 것도 꿀꺽 삼킨다.

"공원에서는 와사비를 먹을 기회가 없잖아. 그리고 고춧가루나 와사비를 못 먹는다고 해서 곤란할 일도 없고."

"곤란하지. 생선초밥집에 가서도 와사비 빼고 만들어 달라고 부탁해야 하고 맥도널드에서는 머스터드는 바르지 말라고 해야 하니, 성가시잖아."

"그렇다고 당신이 불편할 건 없잖아."

"아, 두 사람 다 그런 일로 티격태격하지 마세요. 그래도 쇼타로 씨, 생선초밥을 먹을 때는 와사비와 함께 먹는 게 좋습니다. 특히 오징어는 벌레가 아주 많아요. 와사비는 살균 작용도 합니다."

사사키 씨의 차분한 주의에 나는 "그건 그렇죠."라고 순순히 고개를 끄덕였다.

"당신, 그 사람 언제까지 데리고 있을 건데?"

침대에 파고들자마자 하나코에게 물었다. 사사키 씨는 거실에 이부자리를 깔고 잠들었다. 대충은 알겠는데, 사사키 씨 앞에서는 차마 묻지 못한 것들이 많다.

"따뜻해질 때까지는 있으라고 해야지."

"그렇게 오래?"

"어때서? 아무 문제없잖아."

"그래도, 우리 둘 다 일하잖아. 빈 집을 혼자 지키게 하는 것도 미안하고. 아저씨도 난감하지 않을까?"

"당신, 어차피 모레부터 회사 쉬잖아? 나도 30일 오후부터는 일 안 하고. 설 연휴 기간에 적응하면 되지 뭐."

"적응하고 안 하고의 문제가 아니라, 그렇게 오래 여기 있으면……."

"아무 상관없어. 딱히 곤란할 일도 없고."

하나코는 늘 대충대충이다. 별 지장이 없으면 어떤 일이든 받아들인다. 내가 미리 연락도 하지 않고 상사나 동료를 데리고 와도 태연하고, 이웃집 말썽꾸러기도 쉽사리 맡아 주고는 한다. 그런 너그러움이 매력이기도 하지만, 같이 살다 보면 불편한 일이 더 많다.

"곤란하고 안 하고의 문제가 아니라, 이게 대체 뭐냐고?"

"다 설명했잖아."

"그런 설명 백날 들어봐야 이해가 안 된다니까. 당신, 언제부터 저 아저씨하고 친해진 거야?"

"글쎄, 두세 달쯤 됐나. 나 늘 점심은 공원에서 먹거든. 그런데 사사키 씨가 항상 벤치에 멍하니 앉아 있잖아. 그래서 몇 번 얘기하게 됐는데, 사사키 씨 재밌지? 말투도 재미있고, 노숙자가 되기까지의 과정도 재밌고. 그래서 친해진 거지 뭐."

"점심시간에 공원에서 둘이 얘기하는 것은 당신 자유지만, 그렇다고 우리 집에 데려올 것까진 없잖아."

"나도 사사키 씨네 집에 몇 번 갔는 걸 뭐. 그 답례야."

"뭐? 그럼 그 아저씨에게 집이 있단 말이야?"

"응. 물론 종이 박스로 만든 집이지만. 집 안에 있는 방한 시스템도 봤고, 재활용 쓰레기 더미에서 주운 책상을 옮기는 것도 도와 줬고."

하나코는 그때 일이 생각났는지, 혼자서 웃었다.

"당신이야 별 상관없겠지만, 사사키 씨는 어떻게 생각하겠어. 이런 일, 아저씨에게 실례되게 당신 혼자서 동정하는 거 아냐? 어른을 억지로 데리고 오고 말이야. 마음이 약해서 거절하지 못했을 뿐, 내심 난감해할지도 모르잖아."

"괜찮아. 사사키 씨가 어떻게 생각하든. 동정하는 것 같아서 싫다고 생각하면 나가면 될 일이고. 그야말로 다 큰 어른이니까 말이야."

"그런가."

하나코의 대범함은 도무지 따라갈 수가 없다. 나는 한숨을 쉬었다.

"봐, 벌써 효과가 나타났잖아."

"효과?"

"응. 첫날인데 벌써 효과가 있어."

"무슨 효과?"

"당신, 늘 침대에 들어오자마자 잠들잖아. 잘 자란 말도 없이 말이야. 내가 얼마나 속상한지 알아? 그런데 오늘은 봐, 이렇게 대화를 나누고 있잖아. 처음 같이 살기 시작했을 때 같다. 이게 다 사사키 씨 덕분이야."

"난 또 뭐라고. 이런 걸 대화라고 할 수 있나. 이해할 수 없는 일을 해결하려고 할 뿐이지."

"알았어, 알겠다고. 나 내일은 일찍 나가야 되니까 이제 잘래. 잘 자."

하나코는 그렇게 이야기를 마무리하고는 얼른 이불을 덮어썼다.

2

다음날, 한 해 일을 매듭짓고 밤늦게 들어왔더니, 아직 사사키 씨가 있었다. 아무래도 어제 일이 현실인 듯했다. 너무도 자연스럽게 앉아 있어 스치고 지나칠 뻔했다. 역시 봄이 될 때까지는 우리 집에 있을 요량인가.

"어서 와. 저녁 먹자. 오늘 저녁은 사사키 씨가 준비했어."

"뭐? 아, 그랬어?"

"당신이 늦게 와서, 기다리느라 얼마나 배고팠다고. 그렇죠? 사사키 씨."

"죄송합니다."

나는 옷부터 갈아입고 싶은데 참고 양복 차림 그대로 식탁에 앉았다. 평소 내가 늦게 들어올 것 같으면 기다리지 않고 먼저 먹는 하나코가 웬일로 음식에 손도 대지 않은 채 기다린 모양이다.

식탁에는 이름을 알 수 없는 음식들이 놓여 있었다. 계란으로 뭔가를 덮은 오믈렛 비슷한 것, 채소와 고기를 볶은 것, 감자가 떠 있는 된장국 같기도 하고 무슨 찌개 같기도 한 국.

"음, 아……."

"사양하지 말고 드세요. 신세를 지고 있으니 당연한 일입니다."

사사키 씨는 미소 띤 얼굴로 나와 하나코에게 말했다.

"잘 먹겠습니다."

나는 두 손을 모아 말하고는, 오믈렛 비슷한 것에 젓가락을 댔다.

대개 아저씨들이 만든 음식은 보기에는 엉망이어도 맛이 좋다. 그리고 요리는 잡다한 것이 맛있다. 속으로 그렇게 중얼거리며 오믈렛을 입에 넣었다. 그러나 역시, 맛있다고는 하기 어려웠다. 버섯과 치즈와 고기가 들어 있다는 것은 알겠는데 무슨 맛인지는 도통 알 수 없다. 양식인지 일식인지도 불분명하고, 단맛인지 매운맛인지도 알 수 없다. 내가 고개를 갸우뚱하고 있는데 감자국 같은 국물을 한 입 떠먹은 하나코가 거침없이 말했다.

"이거, 맛이 이상해요. 찌개도 아니고 국도 아니고."

"그렇습니까? 음식이란 것을 해본 일이 없어서. 이거 미안합니다."

사사키 씨는 겸연쩍어하며 말했다.

"하기야, 사사키 씨는 교수를 하다가 하루아침에 노숙자가 됐으니까."

"네. 부끄러운 일이지만, 고작 밥이나 지어 봤습니다."

"그러니까, 이도 저도 아닌 맛이 나는 게 당연한 일이네요."

하나코는 그렇게 대놓고 말하면서도 사사키 씨가 만든 반찬을 열심히 먹어 댔다. 나는 밥으로 맛을 벌충하면서 실례가 되지 않을 정도로만 찔끔찔끔 반찬을 집어먹었다. 사사키 씨는 맛에 둔감한 것인지 자기가 만든 것이라 체면상 그러는 것인지 태연히 먹고 있다.

"배가 고프면 뭐든 다 맛있지 뭐. 안 그래, 당신?"

"아니, 못 먹을 정도는 아닙니다. 그리고 몸에는 좋을 것 같은 맛이군요."

내가 말도 안 되는 칭찬을 하자 사사키 씨가 웃으면서 말했다.

"그렇게 마음 쓰게 해서 미안하군요."

"그렇지! 설 연휴에 내가 손쉬운 요리 가르쳐 드릴게요. 같이 설음식도 만들고요, 좋은 기회잖아요."

"고맙습니다."

사사키 씨는 깊이 고개를 숙였다.

음식이 평소보다 많았던 것은 아니다. 그런데 하나코와 둘이 먹을 때보다 먹는 데 시간이 오래 걸렸다.

"거 참 이상하단 말이야."

"이상하다니, 사사키 씨가?"

우리 집은 거실에 텔레비전이 한 대 있을 뿐이다. 휴일 전날에는 늘 밤늦게까지 심야 프로그램을 보곤 했는데, 사사키 씨가 거실에서 자는 통에 지금은 그럴 수가 없다. 나는 일찌감치 하나코와 함께 침대에 들어갔다.

"응. 대학에서 잘렸어도 노숙자가 되지 않는 길은 얼마든지 있었을 텐데 말이야."

오늘 사사키 씨가 만든 음식을 먹고서 아무것도 할 줄 모르는 도련님이었다는 사실을 알았다. 노숙자와는 도무지 걸맞지 않는 사람이다.

"어쩔 수 없잖아. 돈을 부인이 전부 관리한다나 봐. 수중에 돈이 한 푼도 없대. 안 그래도 경제관념은 없어 보이잖아."

"그래도 뭐든 할 수 있잖아. 노숙자가 될 정도로 다 빼앗겼다는 게 좀 이상하지 않아?"

"옥신각신하기가 싫은 거지 뭐. 특히 부인하고는 그러고 싶지 않은가 봐."

"그래도 그렇지……."

"그렇게 신경이 쓰이면 사사키 씨에게 직접 물어보지 그래?"

"그런 걸 어떻게 물어."

"하기야 당신은 겁보니까. 저녁때도 못 먹을 정도는 아니라며 꾸역꾸역 먹었지."

하나코는 그렇게 말하고는 낄낄 웃었다.

"네네. 당신이 다 옳습죠."

"그렇게 삐칠 건 또 뭐야. 아무튼 사사키 씨가 우리 집에 온 덕분에 나, 당신을 다시 보게 됐어."

"다시 봐?"

"보통 낯선 사람을 데리고 오면, 우선은 위험하다고 생각하잖아. 안 그래도 요즘 세상이 뒤숭숭하기도 하고. 하물며 나와 사사키 씨 둘만 있게 놔두는 거 말도 안 되는 얘기잖아. 그런데 당신, 그런 거는 전혀 신경을 안 쓰더라고. 너그러워."

그것은 내가 너그러워서가 아니다. 하나코가 제멋대로 하는 데다 사사키 씨가 온화한 성품이라서 거기까지 생각이 미치지 않았을 뿐이다.

"오랜만에 쇼타로가 아주 좋은 남자라는 생각이 들었어."

"정말?"

"응. 이것도 사사키 효과겠지. 이틀째에 벌써 좋아한다는 감정을 되찾았으니까."

사사키 효과인지 뭔지는 모르겠지만, 아무튼 아주 오랜만에 하나코에게서 좋아한다는 말을 들은 나는 기쁘고 설레기도 해서 나도 모르게 하나코의 어깨에 팔을 둘렀다.

"이런 건 됐네요. 당신은 내일부터 설 연휴지만 나는 일하러 가야 하니까."

하나코는 내 팔을 뿌리치더니, 어느 새 쿨쿨 잠이 들었다.

3

다음날, 눈을 뜨니 하나코는 벌써 출근하고 거실에는 사사키 씨밖에 없었다. 사사키 씨는 원래 자기 옷인 베이지 카디건을 걸치고 있어, 트레이닝복을 입고 있었을 때보다 나이가 들어 보였다.

“안녕히 주무셨습니까?”

사사키 씨와 단 둘이 있기는 처음이라 나도 모르게 허둥댔다.

“아, 네. 덕분에요. 아침에 빵을 사러 다녀왔는데, 쇼타로 씨 드시겠소?”

사사키 씨는 그렇게 말하고 식탁을 가리켰다. 식탁 위에 동네 빵 가게의 봉투가 놓여 있었다.

"네, 먹죠."

나는 세수를 하고 옷을 갈아입고는 커피를 끓였다. 사사키 씨는 하나코와 먼저 아침을 먹은 듯 커피만 마셨다.

"빵 사러, 사사키 씨가 다녀오셨나요?"

봉투 안에는 몇 종류의 빵이 들어 있었다. 나는 메론 빵을 꺼내 접시에 담았다.

"네, 산책도 할 겸해서 다녀왔지요. 이 부근에는 편리한 가게가 많더군요."

"아, 그리고 이 빵 값은 사사키 씨가? 괜찮은가요?"

"그렇게 신경 쓰지 않아도 됩니다. 빵 살 정도의 돈은 있으니까요. 공원에서 살지만, 일은 계속하고 있습니다."

"그런가요."

나는 메론 빵을 한 입 베어 물었다. 막 구워낸 것은 아니지만 표면이 파삭파삭하고 맛있었다.

"네. 일이라고 해야 종이 쓰레기를 모아서 가게에 들고 가거나 간혹 직업소개소에 들어오는 일을 하는 정도지만요."

"네에."

"요즘은 어딜 가나 쓰레기가 산더미처럼 널려 있으니까요. 순식간에 모읍니다. 빈 캔은 1킬로그램에 40엔 정도 하지요. 굉장하지요. 옛날에는 쓰레기 같은 건 쳐다보지도 않았는데, 지금은 길거리에 돈이 굴러다니는 듯한 기분이 들곤 하지요."

사사키 씨는 그렇게 말하고 웃었다.

"듣고 보니 그렇군요. 일거리도 참 다양한 세상입니다."

"쇼타로 씨는 무슨 일을 합니까?"

"저는, 홈페이지를 만드는 회사에서 기업이나 가게를 대상으로 홈페이지를 만들어 주는……."

"IT기업이로군요."

"네, 그 비슷한 겁니다."

말투가 정중한 탓에 사사키 씨를 아주 구시대 사람으로 여기고 있었던 나는 그의 입에서 IT란 말이 나오는 바람에 약간 놀랐다.

"멋진 직업이군요."

"아니 뭐 그렇지도 않습니다."

멋진 직업인지 어떤지는 모르겠다. IT 관계이기는 하지만 나는 밖으로 나돌아 다니는 영업 사원이다.

"사사키 씨는요?"

"네?"

"그러니까 저, 이제 일은……. 아, 아닙니다. 컴퓨터도 사용하십니까?"

나는 일자리는 찾지 않느냐고 물으려다가 말을 바꿨다.

사사키 씨는 해고를 당한 사람이다. 새 일거리를 찾고 싶어도 찾지 못하는 것이다. 교수 자리가 그리 쉬 나설 리 없다. 일에 관한 이야기는 되도록이면 하지 않는 편이 좋겠다고 생각했다.

"컴퓨터 말인가요. 아니 전혀 못합니다. 워드 프로세서는 그나마 좀 할 줄 알지요."

사사키 씨는 그렇게 말하고, 부끄러운 듯 웃었다.

타인이 있는 집은 안정감이 없다. 내 집인데 생활 리듬이 깨지고 말았다. 쉬는 날인데도 나는 아침을 먹고는 수염을 깎고 머리도 간단히 손질했다. 예전 휴일에는 생각도 하지 못한 일이었다.

"오늘은 연하장을 쓰려고 해요. 사실은 쓰는 게 아니라 컴퓨터로 만드는 것이지만요."

묻지도 않는데 나는 내 일정을 사사키 씨에게 보고했다.

"아, 그렇습니까."

"좀 늦었지만요."

오늘이 벌써 28일이다. 나는 변명하듯 덧붙이고는 노트북과

프린터를 식탁 위에 올려놓았다.

"괜찮아요. 해가 바뀌기 전에만 부치면 이레 안에는 들어갑니다."

"이레 안?"

"1월 7일 말입니다. 그때까지만 도착하면 새해 인사로 아무 문제가 없어요."

"그런가요?"

나는 처음 아는 사실에 감탄하면서도 7일에 오는 연하장이 반가우랴 싶었다. 아무래도 연하장이라고 하면 3일까지는 도착해야 한다.

내가 연하장을 작성하는 동안 사사키 씨는 연말이니까 청소라도 해야겠다면서 창문과 바닥을 닦았다. 처음에는 혼자 하도록 내버려 두기가 미안했는데, 부산스럽지 않게 유유자적 청소하는 사사키 씨의 모습을 보다가 나도 모르게 연하장 쓰기에 몰두하고 말았다. 컴퓨터가 알아서 만들기는 하지만 거래처까지 포함하면 장수가 상당히 된다.

"이거 꽤 멋들어지게 만드셨군요."

청소가 한 차례 끝났는지 사사키 씨가 인쇄된 연하장을 들여다보았다. 컴퓨터로 조합한 십이지 그림과 붓글씨체 글자를 신기한 듯이 보고 있다.

"네. 모두 같은 그림에 인사말도 같지만요."

내가 웃으면서 그렇게 말하자, 사사키 씨의 눈이 휘둥그레졌다.

"그럼, 손위 분들에게도 이 연하장을 보냅니까?"

"네? 네, 그런데요. 뭐가……."

놀라는 사사키 씨의 모습에 내가 놀라고 말았다.

"손위 분들에게도 말이죠?"

"그런데요. 왜요? 뭐가 잘못됐나요?"

나는 내가 만든 연하장을 꼼꼼히 살펴보았다. 십이지 그림도 단순하고 실례될 말은 쓰여 있지 않다.

"여기, 영춘迎春이라고 돼 있는 거 말입니다."

사사키 씨는 연하장의 글자를 가리켰다.

"네, 그런데요."

"보통 두 글자나 한 글자짜리 인사말은 손위 사람이 손아래 사람에게 사용하는 것입니다. 영춘이니 하정賀正이나 말이죠."

"그런가요? 아뿔싸! 작년에는 송춘頌春이라고 해서 보냈는데……."

나는 허둥지둥 프린터의 작동을 중단시켰다. 프린터는 둔탁

한 소리를 내면서 느릿느릿 작동을 멈췄다.

"저런, 아깝게. 제가 공연한 소리를 한 모양이군요. 죄송합니다."

"괜찮습니다. 아직 회사 관계 사람들에게 보내는 것은 인쇄를 안 했으니까요. 이런 것을 제대로 알 기회가 없어서요. 정말 몰랐습니다."

"이런 지식은 있어 봐야 별 도움이 안 되죠. 작년에 송춘이라 보냈다고 해서 무슨 문제가 있었던 것은 아닐 테니까요. 정말 아무 소용없는 지식입니다."

사사키 씨가 왠지 풀이 죽어 보였다.

"그렇지 않죠. 제가 무식해서 그런 거니까요."

"아닙니다. 쇼타로 씨는 무식하지 않아요. 필요하지 않으니까 모르는 겁니다. 공원에서 살다 보니 지금까지의 나 자신이 바보처럼 느껴지더군요. 옛날 문서를 뒤적거리면서 언어를 조사하는 게 무슨 도움이 되겠습니까. 세상이나 마찬가지로 언어도 늘 진화하고 변화하는데요. 진작부터 공원에 자리 잡은 사람들은 적은 말로 많은 것을 가르쳐 줍니다. 그런데 저는 이런 저런 말을 사용해서 결국 아무 도움도 안 되는 지식을 학생들에게 전했을 뿐이에요."

"그럴 리가 있나요."

나는 뭐라 말하면 좋을지 몰라 같은 말을 되풀이했다.

"그렇지 않습니다. 제가 지금까지 해온 일은 다 헛것입니다. 쓰레기 수집이 차라리 생산적이죠."

"일이란 게 다 그렇죠. 제가 하는 일 역시 하지 않아도 아무런 불편이 없는 일입니다."

"무슨 말씀을, 쇼타로 씨는 훌륭한 일을 하고 있습니다."

"훌륭하지 않아요. 언어 연구에 비하면 별 의미가 없습니다. 별 좋지도 않은 기업의 홈페이지를 만들고, 이것은 아닌데 하면서도 고개를 숙이고. 제 의사는 전혀 반영되지 않습니다."

입사한 이래 머리 한구석에 웅크리고 있던 탐탁치 않아 하던 것들이 말이 되어 술술 나왔다.

"하지만 사회의 한 일원으로 움직이고 있지요."

"그렇죠, 이 이상한 사회에서 말입니다."

"이상하든 어떻든 지금 우리가 살고 있는 이 사회 안에서 움직이고 있다는 것 자체가 중요한 겁니다."

그리고 우리는 일에 관해 두런두런 이야기를 나누었다. 어렸을 적 꿈, 현실에 발을 들여놓고 겪었던 생각지도 못한 많은 일들, 그의 관한 일, 공원에서의 일, 그리고 결국엔 일이란 무엇인가에 대해서까지. 연하장을 인쇄하다 말았다는 것도 까맣게 잊고 우리는 이야기에 빠져 있었다.

"하지만, 사사키 씨에게는 그다지 어울리지 않는 것 같습니다. 좋은 일이냐 나쁜 일이냐는 둘째치고, 공원에서 그렇게 생활하시는 건 왠지 좀 아닌 거 같습니다."

"하나코 씨도 그런 말을 하더군요. 공원 벤치에 앉아 있는데, 당신이 이런 일을 하고 있다는 게 이상하다고 말입니다."

"맞는 말입니다. 하나코 그 사람, 말은 그렇게 대놓고 하지만 직감은 뛰어다니까요."

우리가 웃고 있는데, 문이 휙 열리면서 하나코가 들어왔다. 두 손에 큼지막한 슈퍼마켓 비닐봉지를 들고 있었다.

"아니 둘이서 불도 안 켜고 뭐하는 거예요. 수상하네."

하나코는 그렇게 말하면서 거실에 불을 켰다. 어느새 날이 어두워져 있었다.

"정말."

"시간이 상당히 많이 흘렀군요."

"벌써 7시라고, 7시."

하나코의 말에 시계를 보니 정말 7시가 넘었다.

"점심을 먹는 것도 깜박 잊었군요."

"네. 연하장도 만들다 말았고요."

나와 사사키 씨는 얼굴을 마주 보고 웃었다.

"뭐 해?"

"응, 연하장."

"연하장은 낮에 만든다고 하지 않았나?"

"다 못 만들었어."

낮에 연하장을 절반밖에 만들지 못한 나는 침실에 있는 조그만 책상에서 엽서를 쓰고 있었다.

"어. 올해는 손으로 쓰는 거야?"

"아니, 컴퓨터로 만들다가 말았는데, 지금 인쇄하면 사사키 씨에게 미안할 것 같아서. 그 프린터, 무지 시끄럽잖아."

"그래? 몇 장이나 남았는데?"

"마흔 장 정도."

"거들어 줄게."

하나코는 그렇게 말하더니 내가 앉아 있는 의자 끄트머리에 걸터앉았다.

"그럼 내가 이름 쓸까?"

"내 글씨가 아닌데, 혹 실례가 되면 어쩌지."

"무슨 소리야? 컴퓨터로 만들 작정이었잖아. 컴퓨터보다는 애인이 손수 쓰는 편이 훨씬 낫지."

하나코는 그렇게 말하고는 당장 받을 사람의 이름을 써 나갔다. 겨우 한 달이지만 통신교육으로 펜습자를 배운 하나코의 글씨는 그런 대로 예쁘고 또 빨랐다. 이름을 쓰는 하나코의 속도가 더 빨라 인사말이 좀처럼 따라잡지 못했다.

"그렇게 고민할 거 뭐 있어? 인사말은 다 똑같은데."

"그렇기는 한데, 작년 한 해 동안 한 번도 만나지 않은 사람에게 한 해 동안 신세를 많이 졌다고 하는 것도 좀 이상하잖아. 그리고 올해 만날 계획도 없는 사람에게 올 한 해도 잘 부탁한다고 말하는 것도 이상하고. 그래서 뭐라고 쓸까 하고 생각하는데 잘 떠오르지가 않아. 컴퓨터로 만들 때는 아무 생각 없이 만들었는데, 막상 내 손으로 쓰자니 거짓말을 쓸 수도 없고."

"당신은 괜한 데 착실하다니까. 그래도 요즘 세상에 양면을 손으로 쓴 연하장은 희소가치가 있으니까, 받으면 좋아할 거야."

"글쎄."

"오늘 중에 다 끝내야 되는 건 아니잖아. 내일 낮에 인쇄하면 안 돼?"

이름 쓰기에 벌써 싫증이 났는지 하나코는 하품을 하면서 말했다.

"하기야 이레 안에 도착하면 되기는 한데. 그래도 역시 설날에 도착하는 게 좋지. 그러니까 내일 아침에는 부쳐야 돼."

나는 오늘 배운 이레까지 보내면 된다는 말을 자랑스럽게 써먹었다.

"그러네. 이레 안에 도착하면 된다고 생각하는 사람은 많지 않을 테고. 이레 안에는 시무식도 다 끝날 테고. 그러니까 역시 초사흗날까지는 도착해야겠네."

"어, 당신, 이레 안이란 말, 알고 있었어?"

"그럼 알지. 당연한 거 아냐?"

"야. 의외로 박식하네."

"그런가? 그래도 전전 총리가 누구였는지는 몰라."

하나코는 장난스럽게 웃었다.

사람에 따라 아는 것이 전혀 다르다. 상식이라 여기는 것도 조금씩 다르다. 나는 오늘 새해 인사말과 이레까지라는 말을 배웠다. 대화를 나누면서 그런 것들을 익히는 것은 분명 의미 있는 일이다.

우리는 이런저런 이야기를 나누면서 연하장을 썼다. 마흔 장에 가까운 연하장을 손으로 쓰자니 제법 힘이 들었다. 다 쓰고 나니 벌써 2시였다.

"뭘 같이 하는 건 굉장히 오랜만이다."

"이것 역시 사사키 효과일지도 모르지."

하고 싶은 말은 많았지만 잠이 쏟아져 우리는 그대로 침대에 쓰러져 아침까지 곯아떨어졌다.

4

올해의 마지막 날, 사사키 씨와 하나코는 아침 일찍부터 도란도란 이야기를 나누면서 썰고 삶고 조려 검은콩 조림과 야채볶음, 육회 등 간단한 설음식을 만들었고, 나는 목욕탕과 베란다를 청소했다. 일하는 간간이 휴식을 취하면서 따끈한 차를 마셨다. 마지막으로 부엌을 깔끔하게 정리하고 대청소를 끝냈다.

밤에는 거실에 모여 메밀국수를 먹고, 홍백전을 봤다.

"젊은 사람들 노래는 너무 빨라서 뭐라고 하는지 정말 모르겠습니다."

사사키 씨는 이렇게 말했다.

"트로트는 다 똑같이 들리는데, 이 노래는 좀 전의 가수가 부른 노래하고 다른 건가."

하나코는 그렇게 중얼거리며 고개를 갸웃거렸다.

설날에는 사사키 씨와 하나코가 만든 설음식과 떡을 먹고 잔뜩 배가 불러서는 고다츠에 발을 넣고 뒹굴었다. 그리고 점심때가 지나서야 동네에 있는 신사로 참배를 드리러 갔다.

사사키 씨의 강의를 듣고 정확한 방법으로 참배한 후, 운수제비를 뽑았다. 사사키 씨는 대길이고 나와 하나코는 소길이었다.

"나만 이걸 뽑아서 면목이 없군요."

사사키 씨가 그렇게 말하면서 고개를 숙였다. 돌아오기 전에 경내 판매대에서 베이비 카스텔라를 사서 셋이 뜯어 먹으면서 걸었다.

어렸을 때 가족과 함께 지냈던 명실상부한 연말연시 같았다. 홍백전도 그렇고 도시코시 소바(섣달 그믐날에 먹는 메밀국수.—역주)도 그렇고 설음식도 그렇고 설날의 참배도 그렇고. 이렇게 한 해를 보내고 맞은 것이 몇 년 만일까. 설 연휴에는 시간이 정말 천천히 흘러간다. 이렇게 옛 풍습에 따라 시간을 보내면 그렇다는 것을 알 수 있다.

"그러고 보니까, 설인데 고향에는 안 갑니까? 두 분 다 고향이 있을 텐데."

저녁때도 아침점심때와 같은 설음식을 먹는데, 사사키 씨가 물었다.

"아, 예."

"제가 민폐를 끼치고 있어서 못 가는 건 아닌지요?"

"아니오, 그렇지 않습니다."

나는 황망하게 고개를 저었다. 사사키 씨가 없어도 애당초 고향에 내려갈 계획은 없었다.

"지난 몇 년 동안 설에 고향에 내려간 일이 없습니다. 도로는 붐비고 열차도 복잡한데 굳이 내려갈 것 없다 싶어서요. 대학에 입학하면서 고향을 떠났으니까, 집 떠난 지 벌써 6년입니다. 세월이 그만큼 흐르고 보니 일일이 내려가는 것도 성가시고요. 얼마 전에 할아버지 제사가 있어서 다녀오기도 했고요."

"아, 그랬군요."

사사키 씨는 반짝반짝 빛나는 검정콩을 입에 넣었다. 이번 설음식 가운데는 검정콩 조림이 가장 완성도가 높다.

"그런 이유도 있지만, 우리가 이렇게 사니까요."

하나코가 끼어들었다.

"이렇게 사는 게 무슨 잘못이라도 되나요?"

"아니 그런 게 아니고, 부모님들은 동거를 싫어하잖아요. 결혼이면 결혼이지 무슨 동거냐고, 구분이 명확하지 않다면서 말이에요. 집에 내려가면 대체 어쩔 작정이냐는 소리만 해대니, 그 소리도 듣기 싫고 귀찮기도 하고 그래요."

"그건 안 될 말이죠. 부모란 모름지기 듣기 싫고 귀찮은 말을 하는 법입니다."

사사키 씨가 얼굴을 살짝 찡그렸다.

그 표정이 그야말로 선생 같아서, 나는 아아 이 사람은 교단에 섰던 사람이구나 하고 새삼스레 실감했다.

"모르는 건 아니지만, 그래도 가면 늘 똑같은 얘기니까요. 전화로 얘기할 때도 쇼타로는 어떤 남자냐는 둥 앞으로 어떻게 할 것이냐는 둥 잔소리가 심한 걸요. 넌더리가 나요."

"아니 그렇다면 쇼타로 씨와 부모님이 아직도 대면하지 않았다는 말인가요?"

사사키 씨가 또 얼굴을 찡그렸다.

"네."

"그거, 안 될 일이로군요. 둘이 함께 내려가서 인사를 드려야죠. 쇼타로 씨는 이렇게 훌륭한 분인 걸요."

"앞으로 가죠 뭐."

하나코가 적당히 대답했다.

"앞으로 가겠다는 그 말, 말 뿐이겠죠. 하지만 빨리 가는 편이 좋습니다."

"그러는 사사키 씨도 집에 안 가고 있잖아요."

"네?"

"설날인데 사사키 씨도 자기 집이 아니라 알지도 못하는 우리들 집에 있잖아요. 우리보다 더 이상해요. 사사키 씨야말로 마지막으로 집에 들어간 거 언제죠?"

"아, 그렇군요. 벌써 몇 년 됐습니다."

사사키 씨는 하나코의 추궁에 얼굴을 붉혔다.

"그것 봐요."

"야 이거, 괜한 참견을 했습니다."

"맞아요."

하나코는 의기양양하게 말하고는 깔깔 웃었다.

5

1월 2일 아침, 평소보다 늦게 일어난 하나코와 내가 거실에 가보니 사사키 씨가 조금은 말끔한 차림으로 앉아 있었다.

"웬일이세요?"

하나코가 하품을 쩍 하면서 물었다.

"오늘이 2일이죠. 가키조메(초이튿날에 첫 붓글씨 쓰기를 하는 행사. ―역주)를 합시다."

"가키조메?"

"네. 1월 2일이니까요. 가키조메라고 모르십니까?"

사사키 씨가 고개를 옆으로 갸우뚱했다.

물론 가키조메 정도는 나도 알고 있다. 초등학교와 중학교 때, 겨울방학이면 반드시 방학 숙제에 들어 있었다. 하지만 숙제를 빨리 해치우고 싶었던 나는 늘 연말에 했었다.

"가키조메라는 거, 2일에 하는 것이로군요."

내가 말하자 사사키 씨는 조심스럽게 말했다.

"그저 전통적인 행사일 뿐입니다만."

"해요, 우리 하자! 나 서예 도구, 세트로 갖고 있으니까."

하나코는 그렇게 말하면서 잠옷을 입은 채로 벽장을 뒤지기 시작했다. 벽장 안에는 하나코가 여기저기서 끌어들인 쓰지 못할 물건들이 쌓여 있다.

"여기 있다. 자, 붓. 그리고 먹. 이 두 개는 나라에 여행 갔을 때 산 거지?"

듣고 보니 그렇다. 사귄 지 2년이 된 기념으로 교토와 나라로 여행을 갔을 때, 하나코가 붓과 먹을 샀다. 붓과 먹이 나라의 전통 공예품인지 파는 가게가 많았다. 하나코는 붓글씨는 하지도 않으면서 "정말 붓 좋다."고 감탄하고는 붓을 몇 개나 사들였다.

"호오. 이거 정말 좋은 것이로군요."

먹과 붓을 받아든 사사키 씨는 그 두 가지를 바라보면서 그렇게 말했다.

"아, 그리고 벼루하고 서진이 어디 있을 텐데."

하나코는 온갖 것을 닥치는 대로 쌓아 두는 탓에, 습자에 필요한 것을 한 가지씩 찾아내어 들고 온다.

"오오, 여기 있다, 벼루! 이건 우리 가게 점장이 중국에 출장 갔다가 선물로 사다 준 거예요. 여기 조각이 돼 있죠? 그 어린애 얼굴이 나를 닮았다고 사왔대요. 이거 아마 상당한 고급품일 걸요."

하나코가 복잡하게 치장한 커다란 벼루를 꺼내 오자, 사사키 씨는 또 감동했다.

"야, 이거 정말 훌륭한 물건이로군요."

"서진은……. 이거면 되겠지. 이건 지난번에 거스름돈을 안 받아간 손님을 좇다가 길에서 주운 돌인데, 매끈매끈한 게 아주 신기하게 생겼죠?"

서진까지는 없었는지 하나코는 어디서 주어온 듯한 돌을 들고 왔다. "하나코 씨, 대단합니다. 서예 도구를 다 갖추고 있는 어른은 흔하지 않거든요."

사사키 씨는 하나코의 다양한 소장품에 감격한 듯 보였다.

"별로 대단한 건 없어요."

"게다가 그 하나하나에 추억이 있다니, 과연 하나코 씨입니다. 야, 이거 글씨가 멋지게 써질 것 같군요."

"아, 그런데 화선지가 없군요. 평소에 습자를 하는 게 아니어서."

"종이는 상관없습니다. 달력 뒤든 광고지 뒤든."

사사키 씨가 먹을 가는 동안 나와 하나코는 세수를 하고 옷을 갈아입었다.

아침은 각자 알아서 준비하는 틈틈이 설음식으로 때웠다. 생각해 보니 정초에는 시간이 느긋하게 흘러가는 듯하지만 해야 할 일도 있고 서로의 생활 리듬도 조금씩 다르다. 그래서 손쉽게 집어먹을 수 있는 설음식이 안성맞춤이다. 고향 집에 있을 때는 설음식이 너무 소박해서 싫었는데, 이렇게 먹으니 편리하고 맛있다.

"올해는 북북동이로군요."

사사키 씨는 그렇게 말하면서 창문으로 해를 내다보았다. 희끗희끗 눈발이 흩날리는데 해는 어김없이 떠 있었다.

"그게 뭐죠?"

"길한 방향이죠."

"길한 방향?"

"가키조메는 그 해의 길한 방향을 향하고 쓰는 겁니다. 요즘 시절에는 맞지 않는 풍습일 수도 있습니다만……."

사사키 씨는 말은 그렇게 하면서도 이왕 하는 거 제대로 하자면서 열심히 방향을 확인했다.

"길한 방향이라는 거, 춘분 전날 굵은 김밥 먹는 식이로군요. 아 참! 나침반이 있는데, 등산용이지만 그게 있으면 방향을 금방 알 수 있어요."

하나코는 서랍에서 목걸이식 나침반을 꺼내 왔다.

"하나코 씨는 등산도 합니까?"

사사키 씨는 놀란 듯했지만, 하나코는 등산 따위는 하지 않는다. 나침반은 자신이 있는 장소가 어느 방향인지를 모르면 기분이 나쁘다는 엉뚱한 이유로 산 것이었다.

나침반으로 북북동 방향을 정확하게 확인한 우리는 바닥에 신문지를 좍 깔아 놓고 달력 뒷면에 붓글씨를 쓰기로 했다.

"붓글씨 쓰는 거, 중학생 때 이후로 처음이에요."

하나코가 들뜬 목소리로 말했다.

"실제로 해보니까 재미있군요."

붓에 먹을 묻히면서 나 역시 마음이 설레었다.

"그렇습니다. 자 이제 축하의 말을 써봅시다."

사사키 씨는 앞서 '소문만복래(笑門萬福來)'라고 썼다. 과연 글씨체가 단정하고 아름다웠다.

"웃는 집안에 복이 온다는 뜻인가요?"

"그렇습니다. 웃으면 복이 절로 들어오니까요. 요즘은 몸으로 그걸 경험하고 있습니다."

학교에서는 해고를 당하고 아내에게는 이혼을 당하고 재산까지 잃은 사사키 씨는 그래도 기쁘다는 듯 말했다.

"그럼, 나는 모든 문에 복이 오라고 써야겠어요."

하나코는 그렇게 말하고 '전문만복래(全門萬福來)'라고 커다랗게 썼다.

"그런 말도 있나?"

"글쎄. 있지 않겠어? 웃지 않아도 행복해 보이는 사람 있잖아. 그리고 어떤 곳이든 복이 와서 나쁠 것은 없고."

하나코가 제멋대로 말하는데도 사사키 씨는 허허 하고 웃었다.

나는 이래저래 고민한 끝에 '빛나는 초봄'이라고 썼다.

하나코와 사사키 씨는 내 글자를 보고서, 중학생을 위한 가키조메 교본의 글자 같다며 웃었다.

우리는 세 장의 가키조메를 압핀으로 벽에 붙여 놓고, 그 앞에 서서 올 한 해를 무사히 보낼 수 있도록 기원하며 합장했다.

"당신의 그 별난 취미도 가끔은 도움이 되네."

"뭐라고?"

설 연휴인데 사사키 씨가 거실에서 자는 덕분에 우리는 일찌감치 침대에 들어갔다. 다다미방에는 난방 시설이 없기 때문에 체온으로 이불을 녹이려면 시간이 걸린다.

"붓도 그렇고 벼루도 먹도 아무런 쓸모도 없을 것들이라고 생각했는데, 당신이 사 놓은 덕분에 가키조메를 할 수 있었잖아. 그리고 나침반도 도움이 됐고."

"그렇지? 사실 내게는 앞을 내다보는 눈이 있거든."

"그래도 1년 반을 같이 살면서, 써먹은 건 이번이 처음 아닌가?"

내가 그렇게 말하고 웃자 하나코는 내 배에 올라타서는 볼을 잡아당겼다.

"아, 그만해."

"아니, 웃는 얼굴이 아주 멋진데. 영원히 웃는 얼굴로 만들어 놓을 테야."

"뭘 어떻게 한다고 그래."

"아무튼, 작년에는 웃지 않아도 나름대로 행복했잖아. 하지만 올해는 조금 웃는 게 좋을지도 모르겠어. 운수 제비도 소길이었고."

"웃는 문에 복이 온다, 그 말인가?"

"응. 웃으면 절로 복이 굴러 들어온다니까."

"거짓말. 그럼, 사사키 씨보다 더 굉장한 사람이 우리 집에 오겠네."

"그럴 수도 있겠다, 정말."

"그거, 웃지 못할 일 아닌가."

우리는 그런 이야기를 나누고 키들키들 웃으면서 기분 좋게 잠에 빠져들었다.

6

하나코의 가게는 3일부터 문을 열기 때문에 이튿날 아침부터 출근했다.

서비스업이기 때문에 쉬는 날이 나와 다른 경우가 많다. 늘 자기가 쉬는 날이면 상대가 출근을 하는데도 침대에서 일어나지 않는다. 그런데 오늘은 사사키 씨가 있는 탓인지 아니면 설날 기분이 남아 있어서인지, 셋이서 아침을 차려 먹고 현관에서 하나코를 배웅했다.

"이렇게 배웅해 주니까, 일할 기분이 절로 나는데."

하나코는 그렇게 말하고 싱긋 웃고는 후다닥 나갔다.

나와 사사키 씨는 하나코가 없는 조용함에 "왠지 휑하군요." 라면서 웃었다.

사사키 씨와 단 둘이 있기는 두 번째라서 나는 별로 긴장하지 않았다. 사사키 씨는 여전히 신경을 쓰는 듯하면서도 아주 자연스럽게 거실에 스며들어 있었다. 오늘은 가키조메도 참배를 하러 나갈 일도 없으니까 둘이 느긋하게 텔레비전을 보며 지냈다. 바깥은 추운데 집안은 따뜻하다. 창문에 뽀얗게 김이 서려 있다. 새해 첫날이라 바쁘게 일하고 있을 하나코를 생각하면 조금 미안하지만, 푸근하고 넉넉한 기분이다.

"아, 오늘은 되돌아오는 코스죠?"

사사키 씨가 화면을 잠시 보고서 그렇게 말했다. 텔레비전에서는 하코네 역전 마라톤을 중계하고 있었다.

"그러네요. 사사키 씨, 역전 마라톤 좋아합니까?"

"아닙니다. 운동은 전혀 못 합니다. 쇼타로 씨는요?"

"저도 달리기는 꽝입니다. 운동은 학생 시절에 야구를 조금 했을 뿐이죠."

사사키 씨는 운동에 대해서는 정말 아무것도 모르는 듯, 선수들을 보면서 내게 이런저런 질문을 했다. 이렇게 천진난만하고 솔직하게 질문하는 어른은 흔치 않다. 나는 사사키 씨에게 설명을 덧붙이면서 학생들을 응원했다.

"저런, 저런, 쇼타로 씨. 저 학생은 바통을 받지 않았는데 벌써 뛰고 있군요. 아니, 저 학생도."

화면은 앞서 출발한 주자를 비추고 있었다.

"저건 어쩔 수 없이 그렇게 하는 겁니다. 선두주자가 시간을 너무 오래 끌었기 때문에 더 이상 기다릴 수 없어 출발한 것이죠."

"그거 득이로군요."

"득이 아닙니다. 바통을 건네줄 수도 없을 뿐더러 정식 기록으로 치지 않으니 오히려 억울한 일이죠."

"그런가요."

사사키 씨는 뚫어져라 화면을 쳐다보았다. 달리기 시작한 선수들의 떨떠름한 표정으로 모든 것을 간파한 모양이었다.

"그래도 출발하는군요."

사사키 씨가 조용히 입을 열었다.

"네?"

"앞 사람이 도착하지 않았는데도 출발할 수 있는 기회가 있고, 바통이 없어도 출발은 해야 하는 것이로군요."

"네, 뭐 그런 겁니다."

"이제 틀렸다는 것을 알지만, 달려야 한다……."

사사키 씨가 나직하지만 분명한 목소리로 중얼거렸다.

그렇다. 사사키 씨 역시 마찬가지다. 지금까지의 인생이 물거품이 되었어도 달려야 한다. 바통을 잃었어도 앞으로 나가야만 한다. 공원에서 생활하는 것은 잘못된 일이 아니다. 쓰레기를 줍는 것도 아주 좋은 일이다. 하지만 사사키 씨가 달려야 할 코스는 아닌 듯한 느낌이 든다.

"그렇습니다. 빈털터리 신세라도 얼마든지 다시 시작할 수 있습니다. 해야 할 일이 있고요. 그러니까 사사키 씨에게 어울리는 일을 하세요."

"어울리는 일을 말입니까?"

"네."

나는 고개를 크게 위아래로 흔들었다.

"그 말은, 대학에서 연구를 하라는 뜻입니까? 그렇게 무의미한 일을, 또?"

"아니, 그런 게 아니고, 저, 뭐라 말하면 좋을지 모르겠지만, 길한 방향을 향하고 가키조메를 쓰고 연하장을 고치는 것도 다 무의미한 일일지도 모르지만, 저는 즐거웠습니다. 아무래도 상관없는 일이지만, 정말 유쾌했어요."

나와 사사키 씨는 벽에 붙여 놓은 가키조메를 올려다보았다. 한가운데서 위로 치켜 올라간 내가 쓴 글자, 균형 따위는 싹 무시한 채 커다랗기만 한 하나코가 쓴 글자. 역시 사사키 씨의 글자가 가장 아름다웠다.

"웃으려고 해도 힘든 일이 참 많군요."

사사키 씨가 중얼거렸다.

"하나코 씨처럼 '전문만복래'라고 쓸 걸 그랬습니다."

"걱정하지 마세요. 웃을 수 있을 겁니다, 사사키 씨라면."

아무 근거도 없지만, 나는 그렇게 말했다.

"그래요. 그럴 것 같습니다."

사사키 씨는 정말 순진한 표정으로 미소를 지었다.

초나흗날 아침, 하나코와 내가 눈을 떴을 때 거실에 사사키 씨의 모습은 없었다. 나간 것이었다. 짐을 확인해 볼 것도 없이, 나는 나갔다고 확신했다. 이레까지는 설날이라고 했는데, 결국 사사키 씨의 설날은 사흘로 끝났다.

"어어, 짐이 하나도 없네."

하나코는 집 안 구석구석을 점검한 후에야 정말 사사키 씨가 떠났다는 것을 인정했다.

"뭐라고 한마디쯤 하고 가면 좋잖아."

하나코는 언짢은 목소리로 말했다.

"설 연휴도 끝났고 마침 적당한 때 아니겠어."

"그건 그래도, 사사키 씨가 없으니까 기분이 이상하다."

"하긴, 뭐라 해도 사사키 씨가 이 집에 일주일 이상 있었으니. 나도 정이 든 것 같아."

"허전해서 어쩌지."

하나코가 어깨를 축 늘어뜨렸다.

"무슨 걱정이야. 공원에 가면 다시 만날 수 있을 텐데."

"그러네. 정말, 만날 수 있겠지?"

하나코는 내 말을 듣고는 안심이라는 듯 아침 준비를 시작했다.

그런데 사사키 씨는 공원에도 없었다.

내가 시무식을 마치고 집으로 돌아오자 하나코가 허둥지둥 현관으로 달려 나왔다.

"공원에도 없어."

"뭐?"

"사사키 씨, 공원에도 없다니까."

"종일 공원에 있는 건 아니잖아. 연말연시에 계속 여기 있었으니까, 할 일도 많이 밀렸을 테고. 어디 외출한 거 아닐까?"

"아니야. 집도 없어졌단 말이야."

"집이 없어졌다고?"

"사사키 씨 집이 있던 곳에 가봤는데, 종이 박스도 책상도, 아무튼 깨끗히 아무것도 남아 있지 않았다고."

"깨끗하게, 아무것도……?"

나는 어제 '그럴 것 같다'며 미소를 짓던 사사키 씨의 천진난만한 얼굴이 떠올랐다. 순진하고 어린애처럼 건강한 얼굴.

"그렇군. 사사키 씨, 새 출발한 거야."

"새 출발?"

"사사키 씨도 달려야 한다는 얘기야. 지금쯤 자신에게 어떤 일이 어울리는지 찾고 있지 않을까."

"어울리는 일이 뭔데?"

"그건 잘 모르겠지만."

"사사키 씨, 가진 것 하나 없는데다 진짜 세상 물정 모른단 말이야. 괜찮을까?"

"괜찮아. 괜찮을 거야."

사사키 씨는 이미 뛰어가고 있다. 시작이 반이라고. 틀림없다.

오랜만에 둘이서 먹는 저녁인데 분위기가 착 가라앉았다.

하나코는 먹다 남은 떡으로 피자를 만들었다. 떡과 치즈가 입 안에서 살살 녹는 정말 맛있고 유쾌한 먹을거리였는데, 허전한 느낌은 지울 수가 없었다. 사사키 씨의 출발은 기뻐할 일이지만, 허전한 것은 어쩔 수 없다.

"있던 사람이 없으니까 정말 허전하네."

구멍 뚫린 가슴 탓에 껄끄러워 음식이 넘어가지 않았다.

"당신, 처음에는 싫어하더니 감상적이 됐네."

하나코는 방금 전까지 사사키 씨가 없어졌다고 법석을 떨어 놓고선 벌써 다 잊은 듯이 떡을 먹고 있다.

"말이지, 당신보다 내가 같이 있었던 시간이 길다고."

"그랬나?"

"그럼. 사사키 씨하고 얘기도 많이 나눴고."

나는 절실한 마음으로 중얼거렸다.

"그래도 한 집에 남이 있으면 아무래도 신경을 쓰게 되나 봐. 허전한 건 맞는데, 긴장이 좍 풀리는 기분이야. 오늘부터는 옷차림에 신경 쓰지 않아도 되고, 아무렇게나 먹어도 되고 말이야."

하나코는 편하게 말했다. 사사키 씨를 제멋대로 데리고 올 때는 언제고, 없어진 지금 다시 제자리를 쉽게 찾는다. 정말 행복한 인간이다.

"따지고 보면 우리도 남이잖아."

"그건 그렇지만. 우리는 뭘 해도 괜찮은 사이잖아. 그러니까 당신, 돌아오자마자 양말부터 벗어던지는 거 아냐?"

"하긴 그렇다."

"함께 있는 시간이 길어지면 조금씩 남이 아니게 되나 봐. 그렇게 안 되는 경우도 많지만."

하나코가 미간에 집게손가락을 갖다 댔다.

하지만 안 되는 부분도 어떻게든 할 수 있다. 대처할 방법은 얼마든지 있다. 사사키 씨가 우리 집에 있는 동안 그것을 깨달은 듯하다.

"그보다 우리, 말투가 고와진 것 같지 않아? 아주 조금 그렇다는 거지만."

하나코가 젓가락을 내려놓고 말했다.

"응, 나도 그런 생각했어."

"당신도 '네네' 어쩌고 하는 말 이젠 안 하고."

"당신도 '뭐랄까' 하는 말 안 하고."

"사사키 효과다, 이것도. 누군가가 오면 어떤 효과가 역시 있나 봐. 음, 좋다. 멋지다."

"그런가 보다. 그럼 우리, 강아지라도 키울까? 강아지는 제 멋대로 안 나가잖아."

내가 제안하자, 하나코는 고개를 옆으로 저었다.

"아직은 괜찮아. 좀 귀찮기도 하고."

"그래? 그럼 다음 휴가 때는 고향에 내려갈까?"

"그럴까? 그런데 어느 쪽 먼저 갈 건데?"

하나코가 눈살을 찌푸렸다. 어려운 문제다.

"그야 물론 내 쪽이 먼저지. 장인어른이 무섭기도 하고. 아무튼 우리 집이 먼저야."

"에이 당신 집에는 할머니에 동생까지 있잖아. 사람이 많으면 그만큼 힘든데."

"좋아. 그럼 공평하게 가위바위보 해서 이긴 쪽 집에 먼저 가자."

"찬성이야. 참, 가위바위보 게임기가 있었는데. 그게 있으면 정확히 할 수 있으니까, 잠깐만 기다려봐."

하나코는 그렇게 말하고는 또 벽장 속을 주섬주섬 뒤지기 시작했다.

우리 집에는 하나코가 끌어들인 잡동사니가 아직도 무궁무

진하다. 둘이서 그런 것들에 하나하나 의미를 붙여나갈 수 있다면, 하는 생각을 한다.

© Punggum